W0380101

Volha Hapeyeva

CAMEL TRAVEL

Roman

Aus dem Belarusischen von Thomas Weiler

Literaturverlag Droschl

Kapitel 1

Issyk-Kul

»Sehr geehrte Fluggäste, unsere Maschine ist in der Heldenstadt Frunse gelandet, die Außentemperatur beträgt 23 Grad über Null, bitte behalten Sie noch Platz, bis die Maschine endgültig zum Stillstand gekommen ist …«

»Huiuiui, Heldenstadt«, dachte ich. »Ist ja ein Ding.«

Flugangst war noch nie ein Problem für mich gewesen, meine Mutter hatte mich an Flugzeuge gewöhnt, als ich noch in ihr drin zur Miete wohnte. Deshalb ließ mich auch diese Reise durch die Wolken völlig kalt. Aber »Heldenstadt« in Verbindung mit dem Zauberwort »Frunse« klang dann doch geheimnis- und eindrucksvoll. Überhaupt war meine gesamte Kindheit überreich mit militärisch-patriotischen Themen gespickt, auch wenn wir schon in den ausgehenden Achtzigern waren und die Sowjetunion munter vor die Hunde ging. Aber das ein oder andere habe ich doch noch mitgenommen aus dem alten Regime. *Meine allererste Lehrerin* (dieser Elativ kam standardmäßig auf Postkarten oder bei Bildunterschriften zum Einsatz, offenbar mit dem Ziel, den farblosen und wenig prestigeträchtigen Beruf der Unterstufenlehrerin poetisch aufzuladen) hatte in der Schule gesagt, wenn die Staatshymne erklinge, habe man aufzustehen und sie im Stehen schweigend anzuhören. Die Worte dieser Frau, damals eine personifizierte Gottheit für mich, waren Gesetz. Hörte ich zu Hause im Fernsehen die Hymne, sprang ich auf und stand bis zum letzten Ton im Wohnzimmer stramm.

Um uns beständig daran zu erinnern, was Partei und Kommunismus für uns getan hatten (angeblich hatten sie unser Leben glücklicher gemacht und uns in eine *lichte Zukunft* geführt), waren jederzeit die passenden Attribute zur Hand. So trugen wir als Oktoberkinder diese Sternabzeichen. Es gab unterschiedliche Ausführungen, und wir konnten aussuchen, welches wir uns an den Träger unserer Schulschürze heften wollten. Irgendwann bekam ich zufällig mit, dass das Bild in dem Stern Lenin darstellte, den jungen Wolodja Uljanow, da wäre ich im Leben nicht drauf gekommen, ich trug einfach ein Sternchen mit was drin. Die Details ergaben also einen Sinn. Ich hatte wohl nicht einmal kapiert, dass Lenin ein Mensch war, vor allem wegen der Losung in unserer Fibel, die in riesigen Lettern besagte:

Lenin lebte,
Lenin lebt,
Lenin wird leben.

Im Vorwort zu dieser Fibel wurden gleich sämtliche Prioritäten gesetzt und erklärt, wen die Kinder in welchem Maße zu lieben hätten: »Du lernst lesen und schreiben. Als Erstes schreibst du die Wörter, die uns allen am liebsten und teuersten sind: Mutter, Heimat, Lenin.« Diese Heimat war mir zu groß und abstrakt, für zusätzliche Verwirrung sorgte in meinem Kindskopf das Vorhandensein zweier Länder (BSSR und UdSSR), zweier Hauptstädte (Minsk und Moskau) und zweier Hymnen (der BSSR und der UdSSR) – um sechs Uhr früh wurde im örtlichen Rundfunk die Hymne der BSSR gespielt, schaltete man auf einen gesamtsowjetischen Sender um, hörte man die Hymne der UdSSR. Als lebten wir parallel in zwei Dimensionen oder im Bauch einer russischen Holzmatrjoschka. Die Dinger konnte ich noch nie leiden, weil sie so schwer aufgingen und so scheußlich kreischten, wenn der rohe Holzrand der oberen Hälfte gegen den der unteren rieb. Meine Lieblingsmatrjoschka war die letzte, weil die nicht aufging und nicht quietschte, glatt und winzig, wie die BSSR im Vergleich zur UdSSR. Die unendlichen Weiten der großen Heimat machten mir Angst, ich wollte mich nicht abfinden mit Matrjoschkaprinzip und Zweitrangigkeit.

An der Identifikationsfrage hatten sich die Ideologen damals gründlich abgearbeitet, und falls doch einmal Zweifel aufkamen, schlugen wir einfach das Heft auf, in das wir unsere Aufgaben schrieben, und lasen die Regeln der Oktoberkinder:

Oktoberkinder sind die Jungen Pioniere von morgen.

Oktoberkinder sind fleißig. Sie lernen eifrig, lieben die Schule und achten die Älteren.

Oktoberkinder sind ehrlich und wahrheitsliebend.

Oktoberkinder vertragen sich. Sie lesen und zeichnen, sie spielen und singen, und sie halten zusammen.

Nur die, die immer strebsam sind, verdienen den Namen Oktoberkind.

In sowjetischen Kinderfilmen liefen die Schüler zu meiner Irritation oft ständig in Schuluniform und mit Pionierhalstuch herum. Wenn unsere Schulklasse einmal einen Ausflug machte, ins Theater oder in die Schwimmhalle ging, trugen alle ihre gewöhnliche Kleidung, niemand wäre auf die Idee gekommen, sich das rote Halstuch umzubinden oder die Uniform anzuziehen. Mir war wirklich unbegreiflich, wie die Filmleute so etwas zeigen konnten, das doch nicht der Wahrheit entsprach. Wenn am Ende des Films dann die Jahreszahl eingeblendet wurde, versuchte ich mich immer damit zu beruhigen, dass das eben früher so war, inzwischen aber ein bisschen anders ist.

Wenn ich meine Mutter irgendwohin begleitete oder in der Küche herumhing, während sie das Abendessen kochte, war meine Lieblingsfrage: »Mama, kennst du Lenin?«

Ich wollte ihr unbedingt erzählen, was ich in der Schule erfahren hatte.

»Nein, kenn ich nicht«, antwortete sie regelmäßig, was mich furchtbar aufregte.

»Wie denn das, Mama, alle kennen Lenin!« So schnell gab ich mich nicht geschlagen.

Mama blieb eisern: »Wir sind nicht persönlich miteinander bekannt.«

Mit politischen Gesprächen zu Hause war es also nicht weit her. Meine Mutter las andere Literatur, von Lenin und der Partei hielt sie sich fern. Aus mir hätte dagegen eine echte, aufrichtige und ergebene Kommunistin werden können, meine Naivität und der Respekt vor den Autoritäten Schule und Lehrerin hatten den Boden bereitet. Aber die Sowjetunion zerfiel, und ich kam über die Pionierin nicht hinaus. Doch das war später, jetzt sind wir in Issyk-Kul, bei Großtanten und Großonkel, anderen Tanten und Onkel, deren Kindern, in einem anderen Land und meinem letzten Sommer vor der Einschulung.

In Frunse wohnten wir bei meinem Großonkel. Der Rest der Familie war gerade weggefahren, sodass wir die Wohnung nur noch mit einem Freund der Familie teilen mussten, den sie nirgends mehr untergekriegt hatten: einem kleinen Hund. Dieser Pekinese fing immer wütend an zu kläffen, wenn ich ihm auf die Schnauze pustete. Spannend war auch der Kassettenrekorder. Aus ihm sang häufig eine männlich heisere Reibeisenstimme. Mein Lieblingsstück aus deren Repertoire war das Lied über den *Nachtfalter Puttana.* Das hatte gleich mehrere Gründe: Erstens dachte ich, das wäre so ein Bild, und das Lied handle von einem unglücklichen Schmetterlingsmädchen, von dem ich nicht wusste, ob es mehr Schmetterling oder mehr Mädchen war. Die Zeile *wer kann denn was dafür* klang besonders hoffnungslos und höhnisch, indem sie andeutete, dass nichts und niemand der Ärmsten helfen würde. Das Schicksal der armen Puttana (damals war *Puttana* für mich eine Schmetterlingsart oder -familie, etwas wie Admiral oder Pfauenauge) erschütterte mich zutiefst, ich litt tatsächlich mit ihr. Wenn ich durch die Wohnung spazierte, schmetterte ich dieses Lied inbrünstig und ohne jede Scham. Die scheelen Blicke der Erwachsenen wollten mir etwas mitteilen, aber das interessierte mich nicht. Zweitens war die Melodie so simpel und eingängig und der Text so voller Tragik, dass das Lied einfach ein Meisterwerk sein musste. Nach den Schmetterlingen kam ein Lied über Kätzchen oder Kater (in dieselbe Richtung). Mein Kindskopf nahm alles sofort für bare Münze – Kätzchen waren Kätzchen und Schmetterlinge Schmetterlinge und nicht etwa Frauen für Männerspielchen. Das ging an meinem Unterbewusstsein nicht spurlos vorbei, seither kann ich mich über jeden aufregen, der Frauen als Objekte missbraucht und Kinderseelen betrügt. Ich will nicht ausschließen, dass der Silberstaub des Feminismus (wie der Feenstaub bei Peter Pan, der die Kinder fliegen ließ) mich schon damals bestäubte, im fernen Kirgisien.

Als ich einmal vor die Haustür wollte, drängten mich ein paar einheimische Jungs in die Ecke und verhörten mich, wo ich überhaupt her wäre. Ich sagte, ich sei aus Belarus, da verlangten sie, ich solle zum Beweis etwas auf Belarusisch sagen. Die minderjährigen Räuber waren offenbar begeisterte Linguisten. Ich ließ mich nicht unterkriegen und trug ihnen als Rezitativ das Lied aus dem Sandmännchen vor: »pakrysie na rasie patuchajuć zorki spluški«.* Diese Ladung fremder Vokabeln muss sie nachhaltig beeindruckt haben, jedenfalls ließen sie mich fortan in Ruhe. Ich selbst habe lange nicht verstanden, was diese zauberhaften »spluški« waren, empfand aber schon damals Dankbarkeit für meine Sprache, da sie mich vor den Halbstarken gerettet hatte.

Ich saß auf der Bank vor dem Haus und ließ die Beine baumeln. Da kam eines der Nachbarmädchen in den Hof, mit einem Zapfen. Na und, ein Zapfen, ist doch nichts dabei. Von wegen! Dieser Zapfen war so groß wie ein Meerschweinchen, er passte nicht mal in eine Hand.

»Schau dir den mal an«, sagte sie und hielt mir ihren Schatz hin.

»Mannomann, das ist mal ein Zapfen!« Ich bekam den Mund nicht wieder zu.

»Da sind noch Nüsschen drin, die kann man rauspicken, knacken und essen.« Und sie pickte ein paar für mich heraus. Ich biss den harten kleinen Kern auf und hatte erstmals diesen besonderen Geschmack auf der Zunge.

»Wo hast du denn den Zapfen her?«, wollte ich wissen.

»Die bringt der Opa mir mit, der fährt dort extra mit der Arbeit hin.«

Wir saßen auf der Bank vor dem Haus und betrachteten den Zapfen. Kein Zapfen, den ich bisher gefunden hatte, kam größenmäßig an diesen heran, außerdem waren sie alle leer gewesen, gegen die Eichhörnchen hatte ich keine Chance. Langsam versank die Sonne hinter den Hochhäusern in der Nachbarschaft, und ich sehnte mich kein bisschen nach Minsk, hatte ich doch zum ersten Mal in meinem Leben einen echten Zedernzapfen in der Hand.

Bei diesem Besuch machten wir nicht nur in Frunse Station, das heute Bischkek heißt, sondern auch bei einem Bruder meines Großonkels in einem Dorf am Issyk-Kul. Mir ging einfach nicht in den Kopf, dass das ein See sein sollte, denn solange wir mit dem Bus fuhren, wollte er einfach kein Ende nehmen, wie ein Meer oder ein sehr langer Fluss. Issyk-Kul bedeutet »heißer See«, er friert nämlich im Winter nicht zu. Das Dorf Bystrowka (heute: Kemin) hat sich mir eingeprägt mit seinem riesigen Haus, den vielen Menschen, einem kleinen schwarzen Welpen, den wir Mucha nannten, und den hausgemachten Nudeln. Damals war ich noch keine Pastaliebhaberin, aber alles Ungewöhnliche konnte meine kindliche Aufmerksamkeit wecken. Bei uns machte kein Mensch Nudeln selbst, alle kauften sie im Laden, und beim Kochen zerfielen sie und klebten dann am Boden des Topfes an. Bei dieser Art Nudeln wurde man wohl kaum zur Pastafreundin. In Kirgisien machten sie die Nudeln selbst. Auf einem großen Tisch im Hof wurde der Teig ausgewellt und anschließend in schmale Streifen geschnitten. An den Geschmack kann ich mich nicht mehr erinnern, auch nicht, ob sie am Kochgeschirr klebten wie unsere, aber die Herstellung sehe ich immer noch deutlich vor mir.

Ein einziges Farbfoto ist mir von dieser Wanderung geblieben. Ich auf einem Kamel. Am Strand war ein Fotograf unterwegs, der Fotos mit seinem Kamel anbot. Im Grunde noch ein Kamelfohlen, war es trotzdem fünfmal so groß wie ich. Und meine Tante sagte, ich müsse mich auf ihm fotografieren lassen. Ich war nicht gerade Feuer und Flamme, hatte aber auch nichts dagegen, also kletterte ich auf das Tier und wollte schon in Richtung Kamera schauen, als mir ein Gedanke durch den Kopf schoss, der mit dem bevorstehenden Foto zusammenhing. Er gab mir zu verstehen, dass ich mit meinem Kugelbauch auf dem Foto nicht gerade eine Traumfigur abgeben würde. Ich sah an mir herunter und, heilige Mutter Gottes, er wölbte sich tatsächlich wie ein rundlicher Hügel. Da musste augenblicklich etwas geschehen, also zog ich den Bauch ein, so weit ich konnte. Die rechte Hand erhoben, als wollte ich jemanden grüßen (offenbar diejenigen, die sich später das Foto anschauen würden), blieb mein sechsjähriges Ich mit einem schiefen Lächeln im Gesicht und stark hervortretenden Rippen (den Bauch gut eingezogen, vielleicht sogar zu gut) auf diesem Foto zurück, mit einer sonderbaren Gleichgültigkeit gegenüber seiner Umgebung, mit Komplexen über den eigenen Körper, hoch oben auf dem Kamel.

Das Abenteuer Leben fing gerade erst an.

Kapitel 2

Nina und Wassil

An dem Tag, an dem mein Flugzeug aus der fernen Heldenstadt Frunse in Minsk ankommen sollte, sagte mein Vater meiner Mutter, er könne mich nicht abholen. Am Nachmittag, meine Mutter war einkaufen und wollte schon zum Flughafen fahren, um mich in Empfang zu nehmen, sah sie meinen Vater. Er ging Arm in Arm mit einer anderen Frau spazieren. Klar konnte er mich nicht abholen, er hatte Wichtigeres zu tun. Mama unternahm nichts, sprach ihn nicht an und machte ihm keine Szene, sie fuhr einfach zum Flughafen und holte ihre Tochter ab.

Anschließend trennten sich die beiden. Und Mama und ich hatten unterschiedliche Nachnamen. Dass Papa jetzt nicht mehr mit Mama zusammenlebte, belastete mich überhaupt nicht. Ich musste ihn nicht mehr zu seinen Freunden mit Bierfahne begleiten und dann mitansehen, wie Mama sich sorgte und herumschrie, wenn wir erst um Mitternacht zurückkamen. Jetzt herrschte Stille, niemand kommandierte herum, und in unserem *Gorisont* zeichnete sich kein grünes Fußballfeld mehr ab. Fußball im Fernsehen hatte ich noch nie gemocht, viel lieber spielte ich auf dem Platz selbst in der Abwehr.

Die anderen Kinder in der Schule beneideten mich, denn kaum jemand fand das eheliche Verhältnis der Eltern zufriedenstellend. Fast jeden Tag bekamen sie lautstarke Streitereien und Moll-Konzerte für Eltern und Streichorchester zu hören. Aber die Gene lassen sich nicht aus dem Pass entfernen. Es war nicht zu übersehen, wie ähnlich ich meinem Vater war, sowohl äußerlich als auch in bestimmten Angewohnheiten. Besonders gerne erwähnte und betonte das Mamas Mama. Sie suchte meine Gesichtszüge und meine Statur geradezu nach Merkmalen ab, die meine Verwandtschaft zu Papas Mama bezeugten: die Nasenform, den schlanken Wuchs etc., als wolle sie mich nicht akzeptieren, als könne sie mit diesen ausgesuchten biologisch-anthropologischen Charakteristika rechtfertigen, dass ich nicht in ihr System von Lebensregeln passte. Babuljas Profession hatte in ihrem Charakter und bei den Menschen in ihrem Umfeld tiefe Spuren hinterlassen. Ihr gesamtes Berufsleben hatte sie als Dorfschullehrerin für belarusische Sprache und Literatur verbracht.

»Ba, sag mal, Ba, was wolltest du eigentlich werden, als du klein warst?«, startete ich mit untergeschlagenen Beinen auf dem Schemel mein Babulja-Verhör.

»Nichts«, brummte Babulja.

»Wieso nichts? Alle Kinder wollen doch Kosmonauten oder Ärzte werden«, beharrte ich und rief ihr die klassischen Berufswünsche sowjetischer Kinder in Erinnerung.

»Na, jedenfalls ganz bestimmt nicht Lehrerin«, antwortete Babulja.

»Aber was denn dann?« Ich ließ nicht locker.

»Mutter wollte ich werden. Bin ich ja auch«, seufzte sie freudlos und stampfte weiter Kartoffeln für die Schweine, verärgert über ihren Kindertraum. Als hätte man sie betrogen, ihr erzählt, Muttersein wäre gut und sogar ziemlich beneidenswert, wohingegen dann alles ganz anders aussah. Babulja war viermal niedergekommen. Im April, im Mai und zweimal im Februar.

»Und wieso bist du dann Lehrerin geworden?«

»Meine Freundin Rajka wollte, dass wir zusammen studieren, sie hat mich mit zu den Philologen geschleppt.«

»Und wo wolltest du hin?«

»In die Mathematik.«

Ich weiß nicht, ob Babulja als Mathematiklehrerin glücklicher mit ihrem Leben und ihrer Arbeit gewesen wäre, aber sie fühlte sich offenbar als verhindertes Mathegenie.

Ihr Mann (mein Opa) war in dieser Hinsicht auch nicht glücklicher. Die Entscheidung, was er aus seinem Leben machen wollte, verlief in seinem Fall noch tragischer. Sein Vater war nämlich Lehrer und wollte, dass sein Sohn in seine Fußstapfen trat. Obwohl Dsjadulja davon geträumt hatte, Soldat zu werden, Späher, studierte er Russische Sprache und Literatur, weil mein Urgroßvater das so wollte. An der Hochschule lernten sie sich dann kennen: Nina, die statt Mathematik Kolas und Kupala* multipliziert mit den artikulatorischen Charakteristika der Vokalphoneme studierte, und Wassil, der Majakowski und die Besonderheiten der Synekdoche paukte, anstatt sich lautlos durch unbekanntes Terrain zu bewegen und Kryptogramme zu entschlüsseln. Träume sind gut, aber häufig muss man mit sich selbst und seinem Umfeld ringen, bis sie Wirklichkeit werden können, deshalb ist es einfacher, keine zu haben – dann kann man sich die Enttäuschung ersparen.

Als Rentner lag Dsjadulja die ganze Zeit auf dem Sofa und dachte über etwas nach, oder er saß an der Haltestelle gegenüber ihrem Häuschen. Die Hauswirtschaft war ihm so gleichgültig wie seine ganze Umgebung. Er war der Größte in unserer Familie, das hat mir mächtig gut gefallen. Als Dsjadulja mitbekam, dass ich ins Ausland geschickt werden sollte, fragte er:

»Weißt du wenigstens, wie man mit Messer und Gabel isst?«

Ich schüttelte den Kopf, weil ich in den vergangenen neun Jahren immer bestens ohne Messer zurechtgekommen war. Da sagte er, er würde es mir beibringen, und das tat er auch. Wir trainierten an Salzgurken mit Honig, einem gastronomischen Oxymoron, aber ich fand es toll. Dsjadulja dachte sich häufig solche Sachen aus und lachte immer, wenn er mir von seinen Kreationen erzählte. Einmal tischte er mir selbstgemachtes Halwa auf. Jeden Herbst wuchsen im Garten viele Kürbisse, die Kerne wurden aufgehoben und getrocknet. An den Winterabenden enthülste Dsjadulja dann die getrockneten Kerne und drehte sie durch die Kaffeemühle, das ergab so ein Mehl, das mit Honig vermengt sehr gut schmeckte, wie Halwa.

»Hier, für dich«, sagte er und bröckelte mir den Großteil seiner Vorräte hin, »da hast du in der Stadt auch mal was Gutes.«

Der Schnellkurs in Sachen Etikette bei Tisch war erfolgreich absolviert, und Dsjadulja konnte beruhigt sein: Seine Enkelin würde den Ruf der Lehrerfamilie aus dem belarusischen Dorf nicht ruinieren.

Kapitel 3
Sommerlager

Neben den üblichen drei Sommermonaten bei Babulja mit Tanten, Cousins und Cousine gab es einen Sommer, der sich mir tief eingeprägt hat. Ein Sommer, bei dem gedrillt wurde, dass Friedrich der Große oder Kaiser Franz Joseph vor Neid erblasst wären. Aber noch ist Herbst, und in unserem Kindergarten schaut so eine Tante vorbei. Sie lässt uns die Beine heben, links, rechts, zur Seite, nach vorn, lässt uns ins Hohlkreuz gehen und verbiegt uns wie Gummipuppen. Weil ich mich gut verbiegen und in die Länge ziehen lasse, erkundigt sie sich nach meinem Namen, notiert ihn und sagt, ich solle nächsten Donnerstag mit meinen Eltern zum Unterricht kommen. So landete ich bei der Rhythmischen Gymnastik.

Tage und Wochen zogen sich hin unter der Losung »Dehnung jeden Augenblick«. Das bedeutete, ob ich nun fernsah, Hausaufgaben machte, las oder einfach herumlag und mich ausruhte – es durfte keine Zeit vergeudet werden. Trickfilme konnte man auch im Spagat anschauen, lesen ging auch im Seitspagat (wenn die Beine seitlich abgespreizt werden), und wenn Bettzeit war, konnte man bis zum Einschlafen im Bett noch die Birke machen (Beine in die Höhe gestreckt, die Hände stützen den Po).

Obwohl ich ihn ganz gut hinbekam, mochte ich diesen Seitspagat nicht. Ich hatte die fixe Idee, die Knochen, Sehnen oder was immer Beine und Körper zusammenhält, könnten reißen, oder nicht einmal das, jemand könnte sie anschneiden und zwar am besten in dem Augenblick, wenn du im Spagat bist, und dann hättest du nur noch Marionettenbeine, die herumschlenkern und deinem Willen nicht mehr gehorchen. Den Linksspagat mochte ich auch nicht, wahrscheinlich waren die Bänder links bei mir nicht so elastisch wie rechts. »Guttapercha«, dieses Wort ist für alle russischsprachigen oder postsowjetischen Menschen untrennbar mit dem Jungen aus diesem Material verbunden – Dmitri Grigorowitsch und seiner gleichnamigen Novelle* beziehungsweise der Verfilmung sei Dank.

In meinem kindlichen Bewusstsein hatte Guttapercha nichts mit Elastizität und Beweglichkeit zu tun. Ich hatte diesem Wort eine eigene Bedeutung gegeben, nämlich »jemand, der sehr schön und gut singen kann, wie eine Nachtigall«. Woher diese Assoziation kam, weiß ich nicht, aber dasselbe passierte mit dem Wort »pigaliza«. Es stand bei mir nicht für eine unscheinbare, kurzgewachsene Person, sondern für eine ausgesprochen eingebildete, hochmütige Frau, die sich besonders modisch kleidete (aus unerfindlichen Gründen in der Mode der 50er- und 60er-Jahre), mit Hut und spitzer Nase, ein Flittchen. Bis ich als Erwachsene anfing, Thesauri statt Belletristik zu lesen, trug ich meinen eigenen Wortschatz mit einer aus dunklen Quellen geschöpften Semantik mit mir herum.

Wenn du sechs Jahre alt bist und dir ein Sommer im Sportlager bevorsteht, überfällt dich eine unerklärliche Einsamkeit und die Schuldfrage: *Wofür?*

Wecken, bei ungemachtem Bett ab ins Stadion, selbstständig die Beine über den Kopf reißen, Beine über den Kopf reißen mithilfe deiner Kameradinnen, auf der Bank liegen, während deine Freundinnen dein eines Bein festhalten und die anderen dir das andere in

Richtung Ohr ziehen, dann Stadion und hundertmal im Kreis. Woran ich mich absolut nicht mehr erinnern kann, ist der Speisesaal. Ich nehme an, wir bekamen trotz allem zu essen (obwohl insgesamt eher eine KZ-Atmosphäre herrschte), aber den Konsum von Nahrungsmitteln erinnere ich nicht. Als Einziges fallen mir noch die selbstgepflückten Heidelbeeren ein, die eine junge Trainerin ihrem kleinen Sohn Beere für Beere verabreichte, während wir im Stadion unsere Runden abrissen. Jeden Tag hatten wir zehn Kilometer zu laufen. Und ich lief. Ich laufe gerne, obwohl man mir wie jedem anständigen Kind in der dritten Klasse die Diagnose Skoliose verpasst und mich vom Laufen und Springen freigestellt hatte. Damals gehorchte ich noch allen: Mama, Babulja, den Tanten, den Lehrern, den Ärzten, deshalb trug ich den Bescheid brav in die Schule. Aber dann musste ich anstelle des Schulsports zum Therapiesport in die Poliklinik, und das war nun so gar nicht mein Fall. Erstens, weil die Schule nur fünf Minuten weg war, ich zur Poliklinik aber mehrere Haltestellen mit dem Trolleybus fahren musste. Zweitens, weil die Übungen, die dort geboten wurden, für mich (einen Menschen mit Sportlagererfahrung) der blanke Hohn waren, eine Beleidigung für meine physischen Möglichkeiten: auf den Zehenspitzen laufen, Arme auf dem Rücken kreuzen, Schulterblätter zusammenführen – das war wie das kleine Einmaleins für einen Mathematikprofessor. Angenehm war eigentlich nur der Aufenthalt im Massagezimmer, aber auch das nur mit Einschränkungen, es gab da nämlich Stellen auf dem Rücken, deren Berührung der blanke Horror war und einer Folterung gleichkam. Ich hatte das Ganze bald satt. »Ist doch komisch«, überlegte ich mir, »was soll man denn sonst im Sport machen, wenn man nicht laufen und springen darf?« Deshalb beschloss ich in der Oberstufe, als ich Mama, Babulja, den Tanten und Lehrern immer noch gehorchte, es sei an der Zeit, die Ärzte von dieser honorigen Liste auszunehmen, und lieferte keine Bescheinigungen mehr ab. In unserer Sportprüfung war ich die Beste im Hundertmeter- und im Sechsminutenlauf. So erkämpfte ich mir meine »sportliche Unabhängigkeit«.

Zu den schönsten Geräten bei der Rhythmischen Sportgymnastik zählte für mich das Band. Es musste, wie alles zu Sowjetzeiten, selbst gemacht werden, also gingen Mama und ich ins Kaufhaus. In der Stoffabteilung erstanden wir das eigentliche Band, an die drei Meter lang, dann suchten wir in der Abteilung für Angler- und Fischereibedarf nach Ringen und Häkchen, um das Band zu befestigen. Es war rot, und ich liebte es sehr, ich erfreute mich immer wieder daran, dass es so schön war. Mama nähte sogar eigens eine Hülle, in der ich es herumtrug. Später, als ich nicht mehr zur Gymnastik ging, lag es irgendwo im Schrank, wartete bestimmt auf seinen Auftritt und hoffte, ich würde es nicht vergessen. Aber da hatte sich das Band getäuscht, ich gab die Gymnastik auf. Doch in der Kindheit angelegte Gewohnheiten halten sich – was man da gelernt hat, wird verinnerlicht. Die Hauptsache bei den Bandübungen ist, dass es sich nicht verknotet, Knoten sind Fehler. Noch heute versuche ich jeden Tag alles so zu erledigen, dass sich keine Knoten bilden, die hinterher wieder aufgeknüpft werden müssen oder mich daran hindern könnten, mich frei im Raum zu bewegen.

Die Sportgymnastik hat mich gelehrt, Schmerzen zu ertragen und sie vielleicht sogar ein bisschen zu genießen. Nach einer Phase, in der jeder Moment sinnvoll sein und seine Daseinsberechtigung nachweisen musste bzw. den Nutzen, den ich aus ihm zog, kann ich heute, wenn ich frei habe und mich ausruhen sollte, nicht mehr entspannen. Selbst in den Ferien bat ich Babulja, mir Texte zu diktieren oder mir Übungen aufzugeben, das nannte ich dann »Schule spielen«. Babulja hätte mich dafür natürlich am liebsten auf den Mond geschossen, das Schulthema ging ihr an die Nieren. Ein Kompromiss war ein Damespiel mit Opa oder Kartenspielen mit beiden. »Dummkopf klopfen« hieß das dann. Ich hielt nie lange durch, aber die beiden konnten stundenlang Karten klopfen, als hätten sie einander etwas zu beweisen. Sie hatten so viele Jahre zusammengelebt, ohne sich zu trennen, dabei wusste ich, dass sie alles andere waren als ein Herz und eine Seele. Das Kartenspiel war eine Art Metapher für die Kämpfe, die sie ihr Leben lang miteinander ausfochten.

Kapitel 4
Die Gesellschaft der sauberen Teller

Bevor meine Mutter zur Arbeit ging, kochte sie Buchweizengrütze für mich, die ich aufessen musste, wenn ich aus der Schule kam. Ich muss wohl nicht lange ausbreiten, wie sehr Grütze einer Sieben- oder Neunjährigen zuwider ist und was »Appetit« für ein Angstwort sein kann. Die Grütze essen wollte ich natürlich nicht, Mama enttäuschen aber auch nicht, damit war das Schicksal der Grütze besiegelt: Sie flog, sehr zur Freude der Tauben, aus dem Lüftungsfenster in die Außenwelt. Erst später fand ich heraus, dass hier wie überhaupt genaues Kalkül und Konzentration vonnöten waren. Die Grütze einfach aus dem Topf durchs Fenster zu löffeln, war nicht besonders schlau von mir gewesen, da ein paar Gräupchen draußen auf dem Fensterbrett liegen blieben und nach dieser Operation kein schmutziger Teller in der Spüle stand, obwohl doch die Unlust, Geschirr zu spülen, schon auf meiner Lasterliste stand. Dies alles zusammengenommen, war es Mama ein Leichtes, meinen verschwenderischen Umgang mit ihren Speisen aufzudecken, sodass ich den verhassten Satz zu hören bekam: »Alle Heimlichkeiten kommen früher oder später ans Licht.« Ich war sauer, weil ich das nicht einsehen wollte. Ich dachte, man müsste es auch hinbekommen, ohne Spuren zu hinterlassen, und ich entsorgte die Grütze weiterhin, vervollkommnete aber meine Taktik. So inszenierte ich ein komplettes Mittagessen, wärmte die Grütze auf, schöpfte sie absichtlich so auf den Teller, dass etwas auf den Herd fiel (das würde Mama als Hinweis werten, dass ich sie aufgewärmt oder zumindest draufgetan hatte), ging dann auf den Balkon (das Lüftungsfenster hatte versagt, dieser Verräter hatte mich bis auf die Knochen blamiert) und stellte schließlich den schmutzigen Teller in die Spüle. So erweckte ich in aller Stille die Untergrundkämpferin und Partisanin in mir. Diese Fertigkeiten sollten mir in meinem weiteren Leben noch von großem Nutzen sein.

Überhaupt lag das Essen als ein Stolperstein auf meinem Weg zu einer glücklichen Aussöhnung mit dem Rest der Welt. Die Verwandtschaft machte ein großes

Brimborium um meine Mäkeligkeit, wahrscheinlich, weil sie keine anderen offensichtlichen Schwachstellen fand und mein mustergültiger Gehorsam irgendwie ausgeglichen werden musste. Wenn auch nirgends sonst, aber bei Tisch war ich ein Problemfall. Sowohl zu Hause als auch in der Schule gab es jede Menge Lebensmittel, die ich aus Gründen, die auch mir schleierhaft blieben, nicht zu mir nahm. So konnte sich meine Abscheu vor Rosinen nur noch mit meiner Abscheu vor Zwiebeln messen. Das Mittagessen in der Schulkantine mit dem dicken Brötchen auf dem Glas mit Kompott, Tee oder Kakao (dazu später), das in 99 Prozent aller Fälle ein Rosinenbrötchen war, geriet zu einer perfiden Folterung. Die gesamte Mittagspause brachte ich damit zu, die vermaledeiten Rosinen aus dem Brötchen zu klauben und so auf dem Tisch zu drapieren, dass die Lehrerin sie nicht sehen konnte. Nach dem unseligen Brötchen wartete das Glas mit der Brühe, die mit der edlen Bezeichnung »Kakao« bedacht wurde, mit Kakao aber nicht das Geringste zu schaffen hatte. Wir blickten einander schweigend an, auf meine Züge legte sich die Leidensmiene einer Märtyrerin, auf den Kakao die bei allen Kindern verhasste Haut. Dann sollten wir in der Kantine noch mit allerlei stinkenden Klopsen vergiftet werden, die längst nicht alle Kinder herunterkriegten. Aber Lenins »Gesellschaft der sauberen Teller«* schwebte mit den Argusaugen der Lehrerin über uns. Vom Tisch aufzustehen, wenn noch etwas auf dem Teller lag, war schlicht undenkbar. So verhasst mir die furchtbar unpraktische Schulkleidung auch war, verfügte sie doch über eine Komponente, der ich meine Rettung vor dem schmachvollen Erstickungstod beim Klopsherunterwürgen verdanke: die Schulschürze, deren unzweifelhafte Vorzüge ihre schwarze Farbe und die beiden geräumigen Taschen waren. Sobald die Aufmerksamkeit der Lehrerin zur anderen Seite wechselte, wanderte der Klops flugs in die Tasche, und ich stürmte, erleichtert wie ein freigekommener Häftling, in den Gang, wo ich die gefährliche Fracht im erstbesten Mülleimer entsorgte.

Außerdem gab es in der Kantine immer Brot, das vielleicht nicht besonders gut war, aber verglichen mit den sonstigen Punkten auf dem Speisezettel eine Delikatesse. Noch das fadeste Brot (»Ziegel« hieß es damals bei uns) konnte man »retten«: es mit duftendem Sonnenblumenöl begießen, salzen und rösten. Von

Anfang an hatte man uns Respekt vor dem Brot beigebracht, daran erinnerten Plakate wie »Hüte das Brot, es ist unser Reichtum«. Brot wegzuwerfen galt als schreckliches Vergehen, damit zu spielen war nicht ganz so schrecklich. Wenn man das Weiche zu Kügelchen oder Würstchen rollte, schmeckte das Brot gleich dreimal so gut. Man knetete es und konnte dann daraus formen, was man wollte. Diese Knetfigürchen zu essen, machte gleich viel mehr Spaß. Die Jungs bewarfen sich mit ihren Brotkügelchen, offenbar hatten die agitatorischen Appelle ihre Wirkung auf sie verfehlt. Für mich wäre es Verrat gewesen, ein Stück Brot wegzuwerfen, eine Missachtung des Kornbauern, von dem in unseren Schulbüchern viel die Rede war – von seiner verantwortungs- und ehrenvollen Arbeit und dass wir ihm das Brot auf unserem Tisch zu verdanken haben. Im Sprachunterricht sollten wir sogar einen Aufsatz »Zu Besuch beim Kornbauern« schreiben. Ich malte mir gleich aus, wie wir ihn mit der ganzen Klasse zu Hause besuchten und er uns Brot auftischte, und ich versuchte mir vorzustellen, wie seine Wohnung oder sein Haus aussah, ob er einen Hund hatte oder vielleicht ein Pferd, ob er abends gerne Zeichentrickfilme schaute. Das »zu

Besuch« war aber wohl eher bildhaft gemeint gewesen. Über Klopse und Klopsbauern machte ich mir dagegen keine Gedanken, ihre Erzeugnisse warf ich reinen Gewissens in den Müll.

Abgesehen von den Essensdingen war ich ein braves Kind. Ich dachte, wenn ich nur alles richtig machte, würden die Erwachsenen mich nicht ausschimpfen und mir nicht böse sein. Mich schuldig zu fühlen, fand ich schwer, unerträglich schwer, deshalb versuchte ich diese Gefühle zu minimieren und machte mir dazu alle möglichen und unmöglichen Regeln zu eigen. Unterricht zu versäumen, und sei es nur eine einzige Stunde, war für mich ein Drama. Wenn ich also krank war, dann vorzugsweise in den Ferien oder am Wochenende.

»Vielleicht bleibst du besser zu Hause«, schlug Mama vor, wenn es mir nicht gut ging.

»Was? Und wenn gerade heute in der Schule etwas Wichtiges drankommt? Dann wissen das alle, außer mir! Wie soll ich dann weiterleben?«

Wenn ich mit Fieber in die Schule ging, würde ich Mama und allen anderen beweisen, dass ich eine verantwortungsvolle Schülerin war und kein Waschlappen. Wie damals, als ich mit dem Fahrrad gestürzt war und mir die Handflächen aufgeschürft hatte, und dann noch eine Stunde lang durch den Wald gefahren war, damit der Junge auf dem anderen Fahrrad mich nicht für einen Schwächling hielt. Die gerippten Kunststoffgriffe des Lenkers schnitten in die wunden Handflächen, ich biss tapfer die Zähne zusammen, verstand aber zu Hause beim Blick in den Spiegel den Ausdruck »leichenblass«. Damals war ich das erste Mal umgekippt.

Mama erzog mich mit spartanischer Härte und konnte es nicht leiden, wenn ich weinte. Sie fand, sie dürfe mich nicht bedauern und trösten, da ich sonst nur umso bitterlicher weinen würde. Passender fand sie den Spruch: »Gleich hol ich den Gürtel, dann weißt du wenigstens, wieso du heulst.«

Kapitel 5
In Festtagsgarderobe!

Solange ich mich erinnern kann, gab es unter den Erwachsenen Diskussionen wegen der Schulkleidung. Manche waren dafür, andere dagegen, aber solange kein Beschluss über eine Änderung der aktuellen Situation getroffen wurde, musste man die Sache nehmen, wie sie war. Neben unterschiedlichen Schürzen- und Pionierhalstuchvarianten konnte man sich von den Klassenkameradinnen (die Jungs hatten da weniger Glück) mit Manschetten und Kragen am Schulkleid abheben. Die Manschetten konnten aus Satin sein, mit Spitzenborte, aus dünnem weißem Garn gehäkelt, aus Gipüre (wie Gardinen), die es zu kaufen gab. Kurzum: ein weites Feld zur Selbstverwirklichung der Mütter. Jeden Samstag mussten sie vom Kleid abgetrennt, gewaschen, gebügelt und wieder angenäht werden, um am Montag erneut für Ruhm und Ehre ihrer Trägerin einzustehen.

Allerdings konnte diese vermeintliche Eleganz durch eine winzige Änderung im Stundenplan zum Einsturz gebracht werden, wenn Sport nicht auf die letzte Stunde fiel. Dann blieben wegen Zeitmangels in der Pause und anderer Dinge (die dringlicher waren als das Umziehen) die Sporthosen an unseren Beinen, und das unselige Schulkleid wurde einfach darüber gezogen, obwohl ihm diese Nachbarschaft sichtlich missfiel. Aber den Mädels war es vollkommen egal, dass unter dem Kleid die Sporthosen hervorleuchteten und für eine orientalische Anmutung sorgten – so war es einfach bequemer und der Sportbeutel nicht mehr so schwer. Aber die wahren Helden der Mädchengarderobe, die im Sportunterricht härter geprüft wurden als alle anderen, waren ohne Frage die Haarbänder.

Heute flicht kein Mensch mehr Haarbänder ein. Das gehört der Vergangenheit an. Und obwohl es auch damals schon Gummis und Spangen gab, schienen Bänder bis in alle Ewigkeit mit dem Haar von Schülerinnen verwoben zu sein. Doch die Geschichte hat anders entschieden. Zwei *richtige* Gipürebänder, *richtig* in die Zöpfe geflochten und zu einem Körbchen zusammengefasst – das hat Seltenheitswert. *Richtig* heißt, das Band wird in den Zopf eingeflochten und nicht einfach am Ende drangebunden. Das hohe Tempo des modernen Lebens hat das Flechten und mit ihm die Haarbänder verdrängt. Anfangs gab es noch Versuche, die Sache zu beschleunigen, da kamen Mischformen auf wie geraffte Fertigbänder mit Haargummi, aber auch sie konnten sich nicht lange halten.

Die Haarfrage stand im Leben von uns Mädchen praktisch an erster Stelle. Wir hatten fast alle glattes Haar, Mädchen mit Locken oder zumindest Wellen waren die große Ausnahme und galten natürlich als Glückspilze, die von allen anderen beneidet wurden. Aber in einem Punkt wurde mir schon damals glasklar vor Augen geführt, dass sich die Begehrlichkeiten kolossal unterscheiden können, und dass das Leben einen häufig ausgerechnet an solche Menschen geraten lässt, denen die eigenen Wünsche besonders schwer zu vermitteln sind. Ich hatte zwei Freundinnen: Ljuda und Katja. Ljuda hatte kurze Haare, Katja lange. Ljuda wollte ihre kurzen Haare wachsen lassen, Katja ihre langen schneiden, weil die Spitzen ganz dünn waren. Aber bei beiden war gar nicht daran zu denken. Ljudas Papa war entschieden dagegen, dass seine Tochter sich die Haare wachsen ließ. Und Katjas Mama untersagte ihrer Tochter aufs Strengste, ihre Haare auch nur einen Millimeter zu kürzen. Wenn Ljuda es damit besonders schwer hatte, setzte sie sich eine Strumpfhose auf und stellte sich vor, die Hosenbeine wären ihre langen Zöpfe. Katja versuchte, ihren Zopf möglichst hoch anzusetzen, damit er kurz ausfiel, oder Affenschaukeln zu flechten, damit man die dünnen Spitzen nicht sah. Fiel der Zopf nämlich einfach auf den Rücken, fragte man sich unwillkürlich, weshalb Katjas Mama ihre Tochter derartig bloßstellen musste. Wenn Katja im Sportunterricht rannte, pendelte der Zopf auf ihrem alles andere als schlanken Kreuz komisch hin und her. So litten Katja und Ljuda vor sich hin, bis sie erwachsen waren und mit ihren Haaren anstellen konnten, was sie wollten.

Solange ich als Schülerin meine Haare noch nicht anständig (also so stramm, dass sie den ganzen Tag hielten) und hübsch (also ohne »Stiebser«) flechten konnte, tat Mama das für mich. Stiebser waren die Buckel, die sich aufwarfen und die glatte Oberfläche der Frisur ruinierten. Sie galten als unansehnlich und zeugten von Schlampigkeit oder Unfähigkeit im Umgang mit Haaren. Weil Mama morgens viel früher aus dem Haus musste als ich, blieb mir nichts anderes übrig, als mit ihr aufzustehen, damit sie mir noch die Haare flechten konnte. Meine Lieblingsfrisur war der Zweierzopf: zwei Zöpfe wurden seitlich von oben her geflochten und dann mit den restlichen Haaren zu einem gemeinsamen Zopf zusammengefasst. Den Einerzopf mochte ich nicht. Dann gab es noch die Sparvariante, bei der nicht geflochten wurde, sondern zwei Schwänzchen mit Gummis abgebunden und dann zusammengefasst wurden. Beim »Körbchen« wurden alle Haare in zwei Zöpfe geflochten und dann mit dem Ansatz des jeweils anderen Zopfes verknüpft. Oder man verband sie mit dem eigenen Zopfansatz, dann hatte man Affenschaukeln oder Pilze.

»Welche nehmen wir heute?«, fragte Mama, während ich auf dem Bett saß, den Blick aufs Klavier geheftet, und in Gedanken überschlug, wie lange ich für die Wiederholung der Etüde bräuchte und wie viel Zeit dann noch für die Wiederholung der Matheregeln bliebe. »Hörst du mir überhaupt zu?«, fragte sie.

»Ja, die schwarzen«, antwortete ich ohne lange nachzudenken, Schwarz ist ja der Klassiker und passt immer, vor allem zur schwarzen Schürze. Ich hatte noch einen Satz brauner Bänder, die weißen für Festtage (die konnte ich am allerwenigsten leiden) und ein einzelnes cremefarbenes blassrosa Band, das ich ganz besonders mochte, weil es weich und nicht so geriffelt war wie die anderen.

Mama ging zur Arbeit, ich rannte zur Schule. Nach der ersten Stunde fiel mir etwas auf, das mich unruhig machte: alle meine Klassenkameradinnen trugen weiße Schürzen. Da fiel mir ein, dass an dem Tag das Klassenfoto gemacht werden sollte und die Lehrerin gesagt hatte, wir sollten alle in Festtagsgarderobe kommen, und jetzt hatte ich nicht nur keine weiße Schürze an, sondern auch noch SCHWARZE Bänder in die Zöpfe geflochten. Wie, bitteschön, hatte ich das nur vergessen können? Nach Hause gehen konnte ich nicht, was also tun? Weinen? Es sollte zwei Fotos geben, ein Gruppenbild und ein Porträt jedes Schülers und jeder Schülerin. Die Lehrerin sagte kurz entschlossen:

»Du bindest Katjas Schürze um und trägst die auf deinem Bild.«

So stehe ich auf meinem Foto mit schwarzen Bändern und fremder weißer Schürze da. Für das Gruppenfoto fand sich keine freie Schürze mehr, deshalb musste ich, um wenigstens ein halbwegs festtägliches Bild abzugeben, meine schwarze Schürze ablegen und mich schlicht im braunen Kleid aufstellen – der schwarze Fleck mit dem schuldbewusst-gleichmütigen Blick inmitten der schmucken Kinder in Festtagsgarderobe, das bin ich.

Kapitel 6

Fußball und Spritzen

Ein paar Stockwerke unter uns wohnte eine Freundin, die drei Jahre älter war als ich – damals fast eine Ewigkeit. Ich weiß nicht mal mehr, wie es kam und weshalb, aber wir spielten viel zusammen, sicher weil es sonst keine Mädchen in unserem Alter im Haus gab. Sie hatte einen fantastischen Nachnamen, um den sie jeder Schriftsteller oder Bibliothekar beneidet hätte, aber Dascha hatte ein gespaltenes Verhältnis zu diesem »Buch« und mochte den Namen irgendwann gar nicht mehr. Auch Daschas Eltern waren geschieden, aber sie trug den Namen ihrer Mutter.

»Kniha*, das ist doch kein Name«, beschwerte sie sich.

»Ich weiß gar nicht, was du hast. Ich finde den Namen besonders und überhaupt nicht schlimm.«

»Ich würde gern heißen wie Papa.«

»Wie heißt der denn?«

»Le-be-dseŭ«,* flötete sie und stellte sich vor, wie es wäre, so einen eleganten Schwanennamen zu tragen.

»Hm, na ja, ganz nett«, pflichtete ich ihr bei, fand aber Lebedsewa eigentlich zu … schwanig. Zu korrekt, zu glatt, zu klassisch, irgendwie musste ich dabei gleich an die russische Literatur mit Puschkin und Konsorten denken, die ich, offen gestanden, nicht besonders mochte.

Dascha und ich verbrachten unsere Zeit vor allem mit Spielen, die mit den Präpositionen »in« oder »im« begannen: »im Geschäft«, »in der Schule«, »im Friseursalon«. Als wir einmal »im Krankenhaus« spielten, fragte Dascha:

»Soll ich dir zeigen, wie man Spritzen gibt?«

»Weißt du denn, wie das geht?« Ich war wirklich baff.

»Ja, und eine Spritze hab ich auch.«

»Nicht schlecht. Klar, zeig's mir. Was muss man tun?«

»Pass auf, wir nehmen dieses Stück Schaumstoff hier«, und sie griff nach dem Sofa für unsere Puppen und Bären, »und stellen uns vor, das wäre ein Po.«

»Ein Po?«

»Na klar, Spritzen kriegt man in den Po, nicht?«

»Ja, stimmt. Aber auch in den Arm, wenn sie diesen Mantoux* machen.«

»Also was jetzt? Willst du lernen, wie man Spritzen gibt oder nicht?«

»Doch, doch, was ist denn nun mit dem Po? Ich sehe ihn schon vor mir.«

»Also, das ist kein ganzer Po, sondern nur die eine Backe, klar?«

»Mhm.«

»Am wichtigsten ist, den Po in vier Viertel zu teilen und hier rein zu spritzen.« Sie zeigte auf die rechte untere Ecke. »Und es darf keine Luft in der Spritze sein, keine Bläschen, davon kann man nämlich sterben.«

Nirgendwo sonst und nie wieder habe ich gelernt, wie man Spritzen verabreicht, das war genügend Theorie, dass ich mich Jahre später traute, mich selbst zu spritzen, allein mit dem Wissen, das mir von Dascha geblieben war. Allerdings war erst die Katze einer Freundin, dann der Po einer Freundin und erst dann mein eigener drangekommen. Aber ich muss zugeben, dass ich mich heute noch vor diesen Bläschen fürchte und immer ausgiebig gegen die Spritze schnippe.

Dascha und ich spielten oft Fußball oder Pionierball, eine Volleyballvariante, bei der man den Ball fangen musste, nachdem er über das sonderbare Metallding im

Hof unweit des Hauses geworfen worden war, das an ein Tor erinnerte und von den Erwachsenen als Teppichklopfstange, von den Kindern dagegen als Pionierball-»Netz« oder Fußballtor verwendet wurde. Unser Haus hatte nur einen Treppenaufgang, und es gab hier nicht so viele Kinder wie in den anderen Häusern, die sich über hunderte von Metern hinzogen, deshalb waren Dascha und ich häufig die einzigen Vertreter unserer Mannschaften. Unsere Versuche, andere Kinder mitspielen zu lassen, zeigten uns immer wieder, dass die Qualität der Mitspieler am Ende doch wichtiger war als die Quantität. Walik war ganz in Ordnung, aber ein lahmer Trampel, der auch noch ständig losheulte. Lida passte eigentlich ganz gut, war aber irgendwie so hintenrum. Puschkin (der wegen seines Lockenkopfes so hieß) war richtig eklig und unangenehm, mit dem wollten wir nichts zu schaffen haben. Die Mutter dieses Puschkin war es, die uns, sicher aus Rache, weil wir ihrem Herzenssohn die kalte Schulter zeigten, eines Tages vom Balkon aus zurief, wir wären Mädchen, die schon ans Heiraten denken sollten, und da spielten wir Ball. Wie kann man nach so einer Ansage seine Weiblichkeit und sein Frausein noch bejahen? Nach so etwas willst du mit einem glühenden Eisen alles in dir ausbrennen, was die anderen daran erinnert, dass du ein Mädchen bist. Weil du nicht heiraten willst, sondern Ball spielen und im Hof herumrennen. Ich war furchtbar wütend, weil ich nicht verstehen konnte, weshalb diese Tante mir sagte, was ich zu tun hätte, und dabei an mein Geschlecht appellierte. Aber mit der Wut überkam mich auch eine Scham, als hätte ich tatsächlich kein Recht, Ball zu spielen, und diese Empfindung behagte mir ganz und gar nicht.

Als ich schon erwachsen war, fragte mich Mama einmal nach Judith Butler und wofür sie berühmt sei. Ich erzählte ihr etwas von Performativität und davon, dass die Gesellschaft jedem Geschlecht gewisse Verhaltensnormen zuschreibe usw., da sagte meine Mutter:

»Ach, das ist bestimmt so, wie als ich klein war, um die zehn oder so, da hat uns meine Oma Chima zusammengestaucht, dass wir Mädchen Ball spielen. Sie hat gesagt, wir sind doch schon große Mädchen und spielen immer noch Ball.«

Ein Vierteljahrhundert später und nichts hat sich verändert.

Damals dachte ich mir, vielleicht wollte Mama auch

nicht heiraten, sondern Ball spielen, und wie viele Mädchen mochten wohl noch solche schmerzlichen Erfahrungen gewaltsamer Geschlechtszuschreibungen gemacht haben? Und ich fühlte mich den Menschen, die in mir nur einen Körper sahen, wieder unsagbar fern.

Kapitel 7

Schi, Schlittschuhe und der Pelz

Ich hatte meine eigenen Schi, Kinderschi, in Gelb, und darauf stand in lateinischen Buchstaben das seltsame Wort »Telehany«.* Mama hatte grüne Schi, länger als meine, für Erwachsene, auf denen ebenfalls das rätselhafte Wort geschrieben stand. Auf der Unterseite waren die Schi dunkelbraun, und eben diese Seite wurde vor und nach dem Schifahren mit so einem Rundling abgerieben, woraufhin die Schi einen ganz besonderen Geruch annahmen. Er gehörte für mich zu den lieblichsten Düften überhaupt und hatte etwas von Lagerfeuer und Grillen. Dann war da noch der Benzingeruch, der mich an den Duft frischen Brotes erinnerte. Mit den Gerüchen ist es überhaupt so eine Sache. Früher waren sie anders: Damals roch es nach Straße, nach Sand, nach Baustelle, nach Feuer, nach modrigem oder verbranntem Laub. Ich habe keinerlei Erinnerung an Parfumgeruch, er war absolut untypisch, andersartig, künstlich. Auch der Winter hatte seine Gerüche, und um die wahrnehmen zu können, musste man spazieren oder schifahren gehen. Ich hatte ganz einfache Schi: zwei Lederschlaufen, direkt an den Brettern befestigt, in die ich mit meinen Schuhen stieg, dazu zwei Stöcke. Den Vorteil meiner Schi (verglichen mit Mamas oder Papas, er hatte wohl auch welche) hatte ich sofort erkannt: Sie waren universell, auch wenn ich dieses Wort damals bestimmt noch nicht kannte. Mamas Schi hatten wie die meisten Erwachsenenschi eine spezielle Bindung, so ein Metallteil, das nur auf bestimmte Schuhe passte, die, ganz ehrlich, so hässlich und idiotisch aussahen, dass man am liebsten gleich ganz auf das Erwachsenwerden verzichten wollte, bloß um nicht solche Schuhe anziehen zu müssen, oder eben auf das Schifahren verzichtete. Was ich dann auch tat.

Ein obligatorischer Bestandteil jedes Winterspaziergangs waren die von Mama eigenhändig gestrickten Fäustlinge, und ich hatte gedacht, das wäre bei allen so, und staunte daher nicht schlecht, als ich meine Freundin in gemusterten Fäustlingen sah. Die waren offensichtlich nicht handgestrickt, sondern gekauft. Wenn meine Fäustlinge feucht vom Schnee waren, nachdem wir mit ihnen Schneebälle geformt hatten, rochen sie nach feuchter Wolle – ein unverwechselbarer Geruch. In Handschuhen Schneebälle zu formen, war eigentlich ziemlich unpraktisch, deshalb war man immer versucht, sie auszuziehen und mit bloßen Händen weiterzumachen, weil das so viel besser ging, aber der Nachteil daran war eben, dass die Hände rot wurden und einem nicht mehr gehorchten. Dann wurden sie eisig kalt, und man bekam sie zu Hause mit Glycerin eingeschmiert, was einem nicht nur in der Seele wehtat, sondern auch an den Händen. Interessanterweise konnte man auch von den Fäustlingen darauf schließen, wie viel Verantwortungsgefühl und Vertrauen die Eltern einem zumaßen, beziehungsweise ob sie einen schon für ein eigenständiges Subjekt oder noch für einen Halbmenschen hielten. Das ging ganz einfach: Wenn man die Fäustlinge in den Taschen aufbewahren durfte, konnte man stolz sein auf das geschenkte Vertrauen, wenn sie aber an ein Gummiband genäht und durch die Mantel- oder Pelzärmel gefädelt wurden, dann Gute Nacht Fräulein Verbummel, geh hin und leide. Handschuhe am Gummiband sind wider die menschliche Natur, das ewige Ziepen am

Rücken und an den Armen ruft dir ständig in Erinnerung, dass du in deinem Leben nichts auf die Reihe bekommen wirst. Erleichterung verschaffte da nur die winterliche Süßspeise: Kringel ausgestopft mit Schnee. Köstlich! Wobei Schnee an sich auch schon lecker war, wenn auch nicht ganz so cool wie ein Eiszapfen.

Die zweite beliebte Freizeitbeschäftigung im Winter war Eislaufen. Mit Schlittschuhen ist auch meine allererste Erinnerung verbunden. Dunkelheit, Winter, ich versuche auf meinen ersten Schlittschuhen an einem Zaun entlang zu fahren, Papa hält mich fest. Mag sein, dass das keine Erinnerung ist, sondern eine Erfindung meines Unbewussten, eine »Pseudo-Reminiszenz«, aber ich habe das eben so beschlossen, und deshalb ist dies jetzt die allgemein akzeptierte Geschichte aus der Rubrik »meine erste Erinnerung«. Diese ersten Schlittschuhe, ein paar Kufen, die man sich unter die Schuhe schnallte, gab es tatsächlich, ich habe sie sogar gesehen, im Schrank auf einem Dachboden, wo sie lange nutzlos herumlagen und irgendwann verschwanden. Später holte Mama »richtige« weiße Eiskunstläuferinnen-Schlittschuhe für mich in einem Verleih. In der sowjetischen Mangelwirtschaft gab es in den Läden kaum etwas zu kaufen, da waren solche Geschäfte (neben den An- und Verkaufsläden) die Rettung.

Pseudo-Reminiszenzen sind eine seltsame und lustige Sache. Eine Art Kompensation in der Vergangenheit, ein Protest gegen das hinlänglich bekannte »was geschehen ist, lässt sich nicht ändern«, von wegen, prima ändern lässt sich das, du fantasierst dir einfach zusammen, dass etwas nicht geschehen ist, irgendein Erlebnis, das dich in deiner ganzen menschlichen Würde gekränkt hat, aber weil das zu schmerzhaft und zu peinlich ist und überhaupt schlecht funktioniert, denkst du dir lieber etwas aus, das angeblich geschehen ist. Das ist also meine Geschichte.

Es war im Jahr des Erdbebens in Armenien. Was dazu in den Medien gesagt wurde, weiß ich nicht mehr genau, ich kann mich aber noch gut an die flammende Rede meiner Klassenlehrerin erinnern, die uns nahezubringen versuchte, wie schwer es die Menschen und die Kinder dort jetzt hätten und dass sie auf unsere Unterstützung angewiesen seien und wir hier für sie sammeln könnten, Schulsachen, Kleider, jeder, wie er kann. Das Leid des armenischen Volkes ging mir sehr zu Herzen, und ich beschloss, ihnen auf jeden Fall etwas zu schicken. Etwa eine Woche danach gab es einen Elternabend, nach dem Mama mir erzählte, dass die Mutter meiner besten Freundin ganz begeistert auf sie zugekommen sei: »Volha, sie hat mir gesagt, wie großartig sie es findet, dass wir einen Pelzmantel nach Armenien geschickt haben. Ich hab erst überhaupt nicht kapiert, wovon sie redet, da hat sie mir erklärt, du hättest ihnen erzählt, wir würden den Leuten in Armenien helfen und hätten deshalb meinen Pelzmantel dorthin geschickt.«

»Haben wir das denn nicht?«, fragte ich aufrichtig erstaunt, da ich wirklich geglaubt hatte, wir hätten ihn abgeschickt. Mama lachte bloß.

Vielleicht gab es noch viel mehr solcher erfundener Geschichten, eingebildeter Heldentaten und Menschen, die nie gelebt haben, aber wer will das jetzt noch herausklamüsern aus den gesammelten Untiefen der Erinnerungen, der realen wie der fiktiven?

Kapitel 8

Schuhe und Abhärtung

Meine Mutter hatte immer meinen Fuß in ihrer Handtasche dabei, nicht meinen richtigen natürlich, sondern die Umrisse, auf Pappe übertragen und ausgeschnitten. Zu Sowjetzeiten waren Kinderschuhe schwer zu bekommen (Erwachsenenschuhe auch), deshalb war Mama allzeit bereit. Mit meinem Fuß schaffte Mama es immer wieder, Sandalen, Hausschuhe und Stiefel für mich zu ergattern, ohne dass ich sie anprobieren musste. Leider sind diese Zeiten vorbei, und ich muss jetzt selbst durch die Läden ziehen auf der Suche nach dem idealen Schuh, den es genauso wenig gibt wie die Gewissheit, ob der x-te Schuh, den du gerade zweifelnd anprobierst, drückt oder nicht, oder vielleicht zu groß ist, am Ende nicht über dicke Strümpfe passt oder bei Feinstrumpfhosen zu locker sitzt.

Es ist einfach so: Auswahl verdirbt, beziehungsweise

zwingt sie einen dazu, in sich hinein zu hören, dabei herrscht dort nur Unklarheit, keinerlei Präferenz, die schiere Unifikation. Manchmal komme ich mir vor wie eine Patientin mit Gehirnschaden, die einfach keine Entscheidungen treffen kann, weil die für das Emotionale zuständige Region beeinträchtigt ist, Entscheidungen aber eher emotionsbedingt als wissensbasiert gefällt werden. Präferenzen folgen (bei allen gleichrangigen Bedingungen) selten der Logik, sondern stützen sich auf das, was einem »lieb« ist, wo man auf die Frage *Wieso hast du das ausgewählt?* antworten würde: *Es gefällt mir einfach.* Das ist die schlüssigste Erklärung überhaupt, auch wenn viele sie nicht als Erklärung durchgehen lassen, da die »Argumentationsbasis« fehle, dabei ist das Argument im Grunde ganz simpel – es sind meine Empfindungen, Vorlieben und Neigungen.

Die Schulzeit hat mich und mein Bewusstsein nachhaltig geformt, wie das der meisten Kinder, die sie durchlaufen haben. Regeln, Regeln und noch mal Regeln. Aber dabei habe ich auch Folgendes gelernt: Manchmal kann man Regeln hinterfragen und sogar Schlupflöcher, Schliche und Schleichwege finden, um sie zu umgehen. Eine dieser Regeln, die ich um jeden

Preis unterlaufen wollte, hatte wiederum mit Schuhen zu tun. Es gab dafür sogar ein eigenes Wort, ein richtiges Angstwort: *Wechselschuhe*. Es erklang meist in einem Fragesatz, geäußert von der Lehrerin oder der Pförtnerin, in erhöhter Frequenz mit einem Anklang von Entnervtheit und untergründigem, beiläufigem Hass: »Wo sind die Wechselschuhe?« Der blanke Horror für jede und jeden, die im Winter morgens in die Schule kamen. Um dieser Frage zu entgehen, lief ich in Sandalen oder leichten Sommerschuhen durch den Schnee und sprang von Bank zu Bank, damit ich nicht diese Wechselschuhe mitschleppen, in der Garderobe sitzen und sie anziehen und den Wechselbeutel mit mir herumtragen musste, der dann irgendwo liegenbleiben würde. Ich fand es viel einfacher, gleich in Wechselschuhen zur Schule zu gehen, Jahreszeiten interessierten mich dabei nicht die Bohne. Nun sollte man meinen, dass mir diese Haltung im Winter eine Angina und Grippe nach der anderen beschert haben muss, aber, o Wunder, ich war nicht häufiger krank als die anderen, vielleicht haben mir die Wechselschuhe sogar zur Abhärtung von Körper und Geist verholfen.

Überhaupt maßen wir uns gerne darin, wer wie viel

Schmerzen ertragen konnte. Am beliebtesten war die *Brennnessel.* Jemand packte deinen Unterarm mit beiden Händen und verdrehte dann die Haut gegeneinander, dass es brannte wie von richtigen Brennnesseln. Es war eine Frage der Ehre, diese Folter über sich ergehen zu lassen, aber je mehr man ertragen konnte, desto beherzter wurde zugegriffen, als wollten sie überprüfen, wo nun die Schmerzgrenze lag, bei der du einknickst.

Weniger schmerzhaft als unterhaltsam-hypnotisch war dagegen die *Spinne.* Dabei musste man das Handgelenk einer Freundin richtig feste zusammendrücken (während sie die Hand zur Faust geballt hatte), nach ein paar Sekunden durfte sie die Faust dann lösen, du hieltest aber weiter ihr Handgelenk fest umschlossen. Mit deiner freien Hand spannst du dann von ihren Fingerspitzen aus unsichtbare Fäden nach oben, um sie dann – Achtung, jetzt kommt's – gebündelt aufwärts zu bewegen, während du das Handgelenk freigabst. Dann konnte deine Freundin die unsichtbaren Fäden spüren, die du aus ihr gesponnen hattest. Ein Stückchen Magie, für jeden zu haben.

Ein weiterer Beweis von Mut und Tapferkeit waren aufgeschlagene Knie und Ellbogen. Fast die gesamte siebte Klasse hindurch ging ich mit flammend roten Flecken auf Knien und Ellbogen in die Schule, ohne mir deswegen einen Kopf zu machen. Im Gegenteil, ein aufgeschlagenes Knie verhieß ja stille Freuden, unter anderem die spezielle Kruste, die sich über die Wunde legte, wenn sie verheilte, gab es doch nichts Schöneres, als die knusprige Kruste abzuknibbeln und die rosige Haut darunter freizulegen. Einen Haken hatte die Sache allerdings doch, der mir immer am Samstag wieder bewusst wurde, wenn die Badewanne anstand. Mit aufgeschürfter Haut in heißes Wasser zu steigen, ist nämlich richtig unangenehm, und mein Badewasser war nicht nur heiß, sondern kochend heiß, ich weiß nicht, wieso Mama es auf solche Temperaturen brachte, vielleicht meinte sie, so ginge der Dreck, den ich über die Woche angesammelt hatte, besser ab, vielleicht empfand sie die Wärme aber auch gar nicht so. Und dann weichten bei dieser Prozedur auch noch die Krusten auf, sodass man nicht mehr knibbeln konnte. Die Unmenge heißen Wassers forderte ihren Tribut, und ich entstieg der Wanne wie ein gekochter Krebs, leuchtend rot und verzehrfertig. Seither hege ich eine Abneigung gegen Wannenbäder, duschen ist viel angenehmer, da gibt es Bewegung und Fortschritt und nicht nur Herumgesitze und Gewarte. Vielleicht mag ich deshalb Flüsse lieber als Seen.

Kapitel 9
Grafik und Phonetik

Als die Schule angefangen hatte, gingen wir immer noch ins Kindergartengebäude, aber schon richtig zum Unterricht. Wir lernten Buchstaben und Zahlen, und ich kann mich komischerweise noch genau daran erinnern, wie wir die Buchstaben gelernt haben, aber an die Zahlen nicht. Es gab da eine bestimmte Methode, damit wir uns die Buchstaben gut einprägten. Im Unterricht sagte die Lehrerin:

»Kinder, wir brauchen ein leeres Fotoalbum. Bis Mittwoch bringt jeder ein Fotoalbum mit.«

Damit war die Neugierde natürlich geweckt. Zusätzlich zu dem Fotoalbum mit Seiten aus stabilem Karton benötigten wir ein Spezialpapier. Daraus schnitten wir mithilfe einer Schablone die Buchstaben des Alphabets – in Schreibschrift, große und kleine – und klebten sie dann auf die Seiten unserer Fotoalben. Jede Seite bekam einen eigenen Buchstaben. Die Methode bestand nun darin, dass wir die Augen schließen und mit dem Zeigefinger die Umrisse der Buchstaben nachfahren sollten. Vielleicht hat das die Buchstabensilhouetten einprägsamer werden lassen oder sonst etwas, allerdings hat sich mir am stärksten das Papier eingeprägt, aus dem wir die Buchstaben ausgeschnitten hatten – es war unsäglich rau und unerträglich faserig. Noch heute wird mir ganz anders, wenn ich mich an dieses Gefühl an den Fingerspitzen erinnere.

Die Laute materialisierten sich langsam, jetzt konnten sie betrachtet, aufgeschrieben und sogar betastet werden, der »Methode Fotoalbum« sei Dank. Die Worte wurden greifbar, sie kommen mir seither realer vor als die Menschen. In jene Zeit, da in meinem Bewusstsein Grafik und Phonetik einander berührten, fiel auch ein Dialog zwischen meiner Lehrerin und mir. Wir waren gerade eingeschult worden und wurden einzeln aufgerufen, die Kinder wurden mit ihren Vor- und Familiennamen zusammengebracht. Als ich an der Reihe war, sprach meine Lehrerin meinen Nachnamen vorne mit G aus, wie im Russischen. Ich weiß noch, wie perplex ich war, klang das in meinen Ohren doch nach einem groben Schnitzer und einem ganz anderen Namen. Ich trat an ihr Pult und erklärte beleidigt, ich heiße nicht Gapeyeva, sondern Hapeyeva, und es gebe überhaupt gar kein G/g.* Was meine Lehrerin darauf geantwortet hat, weiß ich nicht mehr, aber damals fing sie wohl an, mich nicht zu mögen.

Seltsamerweise hatte es schon drei Jahre zuvor einen Zwischenfall gegeben, bei dem meine Unkenntnis der Sprachenfrage zum Tragen kam, nur war damals die Richtung ziemlich genau die entgegengesetzte. Das war in meinem ersten Kindergarten gewesen, aus dem mir nur zwei Jungs in Erinnerung geblieben sind. Der eine, weil er sich mir gegenüber so unverschämt betragen hatte, wie ich damals meinte, und der andere, weil er meine erste Liebe war. Das mit der Liebe war ganz einfach, er war ein Rowdy, und ich wollte die anderen Kinder unbedingt vor ihm beschützen, mein Gefühl wurde also gewissermaßen von einem Interessenkonflikt genährt, dieses Schema sollte auch später immer wieder mal auftauchen. Der zweite Junge hörte auf den seltenen Namen Albert, war ein liebreizender Blondschopf, stets korrekt gekleidet und mit Fliege um den Hals – ein Intelligenzler reinsten Wassers. Und dieser

Intelligenzler hatte sich eines Tages, nachdem ich ihm irgendeinen Gefallen getan hatte, zutiefst undankbar gezeigt. Ich war außer mir vor Entrüstung und beklagte mich gleich bei Mama, als sie mich abends abholen kam:

»Mama«, sagte ich, »du glaubst gar nicht, was Albert heute zu mir gesagt hat.«

»Was denn?«, fragte Mama erstaunt, die Wohlerzogenheit des Jungen eilte ihm ja voraus.

»Ich habe ihm heute geholfen, und dann bedankt er sich nicht einmal, sondern sagt einfach DZIAKUJ!«*

Ja, tatsächlich, ich bin russischsprachig aufgewachsen und war bis dahin noch nie mit gesprochenem Belarusisch in Berührung gekommen. Mama erklärte mir daraufhin, was es mit diesem fremdartigen »dziakuj« auf sich hatte. Bei Albert wurde zu Hause offenbar Belarusisch gesprochen. Er lebte schon damals mit einer Sprache, von der ich noch weit entfernt war, die aber bereits in mir steckte wie eine Partisanin, die nur auf den rechten Moment wartet, sich Bahn zu brechen.

Kapitel 10

Das beste Geschenk

Selbstgemachte Geschenke sind die besten. Unter diesem Motto stand die Vorweihnachtszeit. Wer es nicht so mit den Händen oder der Fantasie hatte, entschied sich für die Variante: Das beste Geschenk ist ein Buch. Aber Kinder ziehen die eigene Fantasie und Geschicklichkeit kaum je in Zweifel, ja, sie denken nicht einmal über deren mögliches Nicht-Vorhandensein nach, und ich war da keine Ausnahme. Zu allen offiziellen Feiertagen hatten die Eltern Geschenke zu bekommen, einiges davon übernahm die Schule. Im Zeichnen oder Werken Glückwunschkarten zu fabrizieren, war nicht nur Beschäftigung, sondern Unterrichtsgegenstand und wurde sogar benotet. Die Situation war natürlich einigermaßen komisch: Du willst jemandem ein Geschenk machen, denkst aber immer daran, dass das deine Aufgabe ist und du dafür benotet wirst und du dann im Wissen um diese Note dein Meisterwerk Mama schenken musst. Kein Problem, wenn du ein »sehr gut« bekommen hast, aber wenn es nur ein »gut« war? Wie kannst du dem Menschen, der dir am liebsten ist, eine Karte schenken, von der du weißt, dass du dafür ein »gut« bekommen hast? Ich finde das unmenschlich. Andererseits gehen Kunst und Menschlichkeit selten Hand in Hand, vielleicht wollte man uns das von Anfang an beibringen. Ein Zuviel an Selbstkritik hat noch keinem geschadet, haben sich unsere Lehrer und Eltern bestimmt gesagt. Die Zeiten haben sich geändert, heute wird jeder schief und krumm mit unbeholfener Kinderhand ausgeschnittene Storch von Eltern und Lehrern gelobt, bekommt einen Ehrenplatz, wird als Familienreliquie aufbewahrt und an die nächste Generation weitergegeben. Ich wuchs mit den gegenteiligen Empfindungen auf: Was immer ich vollbrachte, war nicht herausragend, sondern erwartbar und keiner Belobigung wert, deshalb war mir jedes Lob verdächtig.

Der Gipfel der Glückwunschkartenkreativität waren die, wie man heute sagen würde, animierten oder interaktiven Karten. Dafür benötigte man leere Blister, in denen zuvor Tabletten verpackt waren. Sie wurden ausgeschnitten und in die Lücke eingesetzt, die man für die Augen des Häschens, Bären oder Hündchens gelassen hatte, je nachdem, wer der Protagonist der Karte war, dann kam ein schwarzes Pfefferkorn hinein und das Ganze wurde rückseitig mit Papier zugeklebt. Schon hatte man bewegliche Augen. Einfach, witzig und selbstgemacht.

Mit Geschenken nicht genug, wir stellten auch Waren des täglichen Bedarfs selber her. Der Renner waren die Papierbecher (ich kann sie beim besten Willen nicht als Gläser bezeichnen, die Motivation für dieses Wort ist allzu durchsichtig), Origami à la UdSSR, maximale Funktionalität bei minimaler Ästhetik. Keine Ahnung, wieso ausgerechnet Becher, obwohl es freilich auch Schiffchen und Flieger gab, aber da hat das Papier wenigstens noch eine Berechtigung, die kann man ja tatsächlich aufs Wasser oder in den Himmel schicken – aber einen Becher? Jede Flüssigkeit hatte ihn nach ein paar Sekunden durchweicht. Aber die beharrliche Seele des Origamimeisters glaubte an das Unmögliche. Wir falteten diese Becher und versuchten hartnäckig, Wasser aus ihnen zu trinken. Für ein paar Schlucke reichte es ja auch, deshalb lebte mit jedem neuen Becher die Hoffnung auf ein besseres Resultat weiter.

Ich hatte eine Schwäche für allerlei kleine Basteleien. Zapfen, Schneckenhäuser, Ahornblätter, Moos und Eicheln waren das Standardrepertoire, mit dem es immer anfing. Irgendwie konnte ich mich fürs Sticken und Stricken nicht so begeistern wie für die Arbeit mit grobschlächtigerem Material. In Kindergarten und Grundschule gab es solche Metallbaukästen, aus denen man Autos, Figuren usw. zusammensetzen konnte. Von diesem Baukasten träumte ich, aber der Zugang war mit Jungskörpern hermetisch abgeriegelt, sodass ich nur in jenen seltenen Augenblicken damit spielen konnte, wenn die Jungs krank waren oder früher abgeholt wurden. Zu Hause tröstete ich mich zwar mit einem Plasteflieger und einem Hubschrauber, die ich auseinandernahm und wieder zusammensetzte, aber die hatte man schnell über, weil sie nicht besonders anregend waren – ein Flugzeug bleibt eben ein Flugzeug. Der Baukasten eröffnete dagegen zahllose Möglichkeiten, er hatte jede Menge Kleinteile, Schräubchen, Muttern, auch Bauanleitungen gab es, aber die verwendete kaum jemand. Es war einfacher, eine Rakete in den

Kosmos zu schicken, als irgendein Fahrzeug nach Plan zusammenzuschrauben. Außerdem stimmten die Größen der Bohrlöcher häufig nicht überein, sodass bestimmte Teile sich nicht miteinander verbinden lassen wollten, andere waren verlorengegangen oder durch den beharrlichen Kraftaufwand einiger Jungkonstrukteure und Mechaniker derart beschädigt, dass man sich eigene Modelle ausdenken musste. Man könnte den Eindruck bekommen, niemand hätte für die Zerstreuung sowjetischer Kinder gesorgt. Wenn sie Spiel und Spaß wollten, mussten sie sich selbst etwas ausdenken, wenn die vorhandenen Spielzeuge ihnen nicht ausreichten, mussten sie sie selbst weiterentwickeln. Niemand kam auf den Gedanken, ein Baukasten mit Ingenieurszeichnungen sei zu verkopft und zu wenig kindlich. Das ist natürlich überspitzt formuliert. Heute werden geschlechterunsensible Ansätze dafür kritisiert, dass sie Jungs das Recht zu emotionalen Äußerungen absprechen, damals durfte niemand weinen oder Gefühle zeigen, man war schließlich Oktoberkind, Pionier und keine Heulsuse. Mir ist sogar noch in Erinnerung, dass ich einen bestimmten Ausdruck richtig unangenehm fand, er klang ausgesprochen beleidigend und ließ mich jedes Mal rot werden: Gefühlsduselei. Bloß keine Schwäche zeigen und die Arme ausstrecken in der Hoffnung auf eine Liebkosung, sonst bekamst du sofort den Stempel des gefühlsduseligen Sensibelchens verpasst. Zärtlichkeit, Zuneigung, Rührung – das musste überwunden werden. Aus Protest dagegen wollte man erst recht zärtlich sein, wollte weinen und jemanden umarmen. So kam ich zu meinem ersten Freund jenseits der Menschenwelt. Das war ein Baum, genauer gesagt der Apfelbaum, der in Babuljas Garten wuchs. Wir sahen uns nur in den Ferien, wenn ich dort war, aber das genügte mir. Wir unterhielten und umarmten uns, und ich liebte es, den Duft seiner sonnenwarmen Rinde zu atmen. Dann haben sie den Baum umgesägt.

Zu einem Feiertag, vielleicht war es ein 8. März,* wollte ich Mama ein Täschchen aus Pappe basteln, in dem sie irgendwelche Kleinigkeiten verstauen konnte. Der Papprohling sollte mit Stoff verkleidet werden. Mein Täschchen sollte gelb werden, dafür zerschnitt ich meine gelben Bänder, Griff und Verzierungen wurden braun, also musste auch mein braunes Band dran glauben. Ich hatte jede Menge Arbeit damit. Die Stoffstücke mussten aufgefädelt werden, dass sie aussahen wie ein Jabot, dann musste das Ganze auf die Pappe geklebt werden mit einem Kleber, der unglaublich schlecht hielt, was nicht klebte, musste angenäht werden usw. Kurzum, ich hatte ordentlich zu kämpfen mit diesem Täschchen. Aber mein Geschenk war rechtzeitig fertig und konnte Mama überreicht werden.

»Was soll das sein?«, fragte sie.

»Ein Täschchen«, sagte ich stolz in Erwartung von Komplimenten und Dankesbezeugungen.

Aber ich bekam nur Schweigen und Gleichgültigkeit, die zunehmend in Widerwillen umschlugen.

»Gefällt es dir nicht?«, fragte ich vorsichtig, aber immer noch hoffend.

»Nö. Und wieso hast du die Bänder zerschnitten?«

Der Abend war hart für mich. Ich fühlte mich nichtsnutzig und überflüssig, untalentiert und ungeschickt, in meinem Kopf ging alles durcheinander: Was waren Schönheit und Qualität, was waren Kritik und Offenheit, wo endete die Offenheit und begann die Brutalität?

Einige Jahre später bat Mama mich um Entschuldigung wegen des Täschchens.

Kapitel 11

Comics und Müllcontainer

Ich weiß nicht, wie es den anderen ging, aber ich liebte die Comicstrips in den Kaugummipapieren schon allein dafür, dass sie so schön glänzten. Sie fühlten sich so gut an, das Papier war wundervoll, die meisten Papiererzeugnisse jener Zeit waren nämlich rau und fassten sich nicht besonders angenehm an. Wir alle, Mädchen wie Jungs, hatten ganze Sammlungen dieser Comics, sie waren viel angesagter als Briefmarken, Kalender usw. In den Schulpausen wurden Bildchen getauscht und die Kollektionen vorgeführt, manche Exemplare waren schon alt, zerrupft und durch viele Hände gegangen, die neuen wiederum knisterten herrlich unter den Fingern. Am beliebtesten waren Donald Duck-Bildchen. Comics nannten wir sie, weil auf den 3x5 Zentimeter großen Papierchen ganze Strips mit drei oder sogar vier Panels untergebracht waren. Es ging immer um Disneyfiguren: Mickey Mouse und Minnie, Goofy oder Donald Duck selbst. Wir durften sie nicht mit zur Schule nehmen und schon gar nicht im Unterricht anschauen, aber die schulischen Untergrundaktivitäten waren rege, und bei einem Blick in die Taschen von Mädchen wie Jungs, von Fünferkandidaten und Musterschülern, wäre man unweigerlich auf Comics gestoßen. Sämtliche Tauschgeschäfte und Verhandlungen fanden in den Pausen statt, aber manche Schüler konnten nicht bis zum Ende der Schulstunde an sich halten und führten ihre Kollektionen schon lange vor dem Gong vor. Und einmal wollte es das Schicksal, dass die Lehrerin einen furchtbar schlechten Tag hatte, und als sie mitbekam, dass einige Schüler den Unterrichtsgegenstand vollkommen ignorierten, kam sie zu deren Tisch geschossen, schnappte sich den Comicstapel und riss ihn vor aller Augen entzwei. Zu sagen, die Klasse wäre verstummt, wäre eine Untertreibung. Bestimmt erinnert sich die ganze Klasse bis heute daran, niemand hatte einen solch barbarischen Akt für möglich gehalten. Das Allerheiligste, das Kostbarste, und nicht nur einen oder zwei, sondern alle. Nachdem die Lehrerin das Objekt ihres Hasses in den Mülleimer unter dem Waschbecken geworfen hatte, brüllte sie noch lange herum, aber niemand hörte ihr zu, alle starrten fassungslos auf den Jungen oder auf den Mülleimer. Die Lehrerin wusste sehr wohl, dass ihr Schüler auf den Gedanken kommen könnte, sich seine Schätze zurückzuholen, deshalb wies sie die diensthabende Schülerin an, den Müll rauszubringen und in den schuleigenen Müllcontainer zu kippen. Zum ersten Mal in meinem Leben bedauerte ich, keinen Dienst zu haben. Nach der Stunde ging ich zu meiner besten Freundin und wisperte ihr verschwörerisch zu:

»Komm, wir kundschaften nach der Schule das Gelände hinten im Hof aus, wo die Müllcontainer stehen, vielleicht haben wir ja Glück. Ich glaube, sie hat nicht alle durchgerissen, vielleicht sind noch ein paar ganze dabei.«

»Ist gut.«

»Dann lass uns telefonieren und eine Zeit verabreden.«

»Ja.«

Der Unterricht war zu Ende, wir gingen wie gewöhnlich nach Hause, damit niemand auf die Idee kam, wir könnten etwas im Schilde führen. Wir aßen zu Mittag, zogen uns um, telefonierten und standen einige Zeit später vor den grünen Containern im Hinterhof der Schule.

»Na?« Ich sah meine Freundin an.

»Na?«, fragte sie zurück.

»Komm, wir schauen, in welchem«, schlug ich vor.

»Also los.«

Wir linsten der Reihe nach in die Müllcontainer, vier waren es insgesamt, und zum Glück waren sie so gut wie leer. Fast auf dem Boden des einen entdeckten wir die bekannten Papierchen.

»Wir müssen da rein, sonst kriegen wir die nicht raus«, stellte ich nüchtern fest.

Die Container reichten uns fast bis zur Stirn, einfach so kamen wir an die Comics nicht ran. Weil es meine Idee gewesen war, musste natürlich ich hineinklettern.

»Gut, ich steh Schmiere«, sagte meine Freundin.

Ich kletterte hinein, und es war gar nicht so schrecklich und scheußlich, weil da unten vor allem Papier, Karton und irgendwelcher Schreibkram lagen. Ich hatte Glück gehabt – das war der sauberste Müllcontainer der Welt.

»Was ist denn? Jetzt hol sie schon«, trieb mich meine Freundin an.

»Ja, warte, hier!« Und ich hielt ihr alles hin, was ich erwischt hatte.

Als wir später im Gras saßen und unsere Trophäen in Augenschein nahmen, merkten wir, dass die meisten durch die brutale Hand der Lehrerin stark in Mitleidenschaft gezogen waren, einige waren aber noch unversehrt. Und alles wäre wunderbar gewesen, wir hätten uns über die erfolgreiche Ausführung unseres Planes freuen können, aber in einem Punkt hatten wir uns verrechnet. Unsere Comics hatten nach ihrem Aufenthalt im Müllcontainer, so kurz er auch gewesen war, einen ganz bestimmten Geruch angenommen. Wahrscheinlich wurde der Müll in diesen Containern nicht nur gesammelt, sondern auch ab und zu verbrannt, daher auch dieser beißende, eigentümliche Geruch – der Gestank verbrannten Mülls.

»Was machen wir jetzt?«, fragte meine Freundin.

»Die sind zu schade zum Wegwerfen, schau mal, die sind fast noch ganz.«

»Aber die stinken doch. Wenn wir die behalten, können wir die doch keinem mehr zeigen«, wandte meine Freundin richtigerweise ein.

»Ich habs!«, rief ich aufgeregt, als ich eine Lösung gefunden hatte. »Lass uns schnell zu mir gehen, das haben wir gleich.«

Und wir liefen zu mir nach Hause. Ich wollte den widerlichen Geruch mit einem anderen überdecken. Da kamen uns die Parfums gerade recht. Im Bad sprühten wir die geretteten Comics kräftig mit Mamas Deo ein. Das Resultat war eine Tragödie, da sie jetzt nicht nur noch schlimmer stanken (die Mischung aus verbranntem Müll und Deo riecht stärker als beide für sich genommen), sondern dieser C-Waffen-Einsatz auch noch die Bildchen zersetzte. Wir waren in der Sache nicht weitergekommen und hatten die letzte Hoffnung, von fremdem Leid zu profitieren, endgültig zunichtegemacht.

Blieb nur noch, die Comics wegzuwerfen und den schmachvollen Einstieg in den Müllcontainer möglichst rasch zu vergessen.

Kapitel 12

Kritik und Anpassung

Nicht nur Erwachsene und Geisteskranke haben feste Rituale. Sie kommen bei Menschen jeden Alters, Berufs oder Geisteszustands vor. Dabei wird das Rituelle durch äußere Umstände oder durch den Menschen selbst bestimmt. Zur zweiten Kategorie gehörte meine Angewohnheit, jedes Mal den Aufzug zu begrüßen, wenn ich mit ihm fuhr, oder den Busch auf meinem Schulweg. In die erste Kategorie fiel das Abliefern der leeren Mayonnaisegläser an der Altglassammelstelle. Dazu nahm ich regelmäßig meine Freundin mit. Von dem Pfandgeld konnte man sich Kwass und Eis kaufen, normalerweise gab es weißes Eis, mit Schoko- oder gelber Glasur. Manchmal war nur noch das Gelbe übrig, das war immer ein Drama, weil fast niemand (aus meinem Freundeskreis) das gelbe Eis aß, kaufte oder mochte, irgendwie war es überhaupt nicht angesagt. Es fühlte sich an, als wollte uns jemand übers Ohr hauen und uns statt der Schokoglasur das gelbe Imitat andrehen, deshalb gab es kaum noch Optionen: entweder trotzdem das gelbe Imitat kaufen und die Glasur abpellen, um an das weiße Innenleben zu kommen, oder auf das Eis verzichten und sich mit einem Glas süßem Sprudelwasser begnügen. Gleich neben der Altglassammelstelle stand nämlich ein Sprudelwasserautomat und sorgte im Sommer für Erfrischung. Ich kann mich nicht erinnern, dass sie im Winter da waren, bestimmt wurden sie in der kalten Jahreszeit weggebracht, in irgendwelche Lager, wo sie standen und auf den Sommer warteten wie die große Armee der chinesischen Terrakottakrieger. Interessanterweise gab es in diesem Automaten ein Glas, zum allgemeinen Gebrauch, aus dem alle tranken, ohne sich über etwaige Erkrankungen ihrer Vorgängerinnen und Vorgänger Gedanken zu machen. Es gab auch noch ein Extrafach, in das man das umgestülpte Glas stellte und auf einen Knopf drückte, damit es ausgespült wurde, aber diese Desinfektionsmethode diente nur der Beruhigung des eigenen Gewissens. Wie ist das zu erklären? Handelte es sich um unreflektiertes, haltlos übersteigertes Vertrauen, um hygienische Ignoranz oder einfach um Gleichgültigkeit? Manche hatten freilich ihre eigenen zusammenschiebbaren Kunststoffbecher mit, Miniteleskope für unterwegs. Empfindlichere Zeitgenossen tranken ihr Sprudelwasser zu Hause. Fast jeder konnte sich seinen eigenen Sprudel herstellen. Dafür musste man sich eine Siphonflasche anschaffen, die richtigen Sprudel machen konnte. Sie brauchte spezielle Kapseln, schwarz, daumengroß und aus Metall, die wie Patronen oder Minigranaten aussahen, wie etwas aus Kriegszeiten. Wenn sie leer waren, tauschte man sie gegen volle um und konnte sich wieder an seinem Sprudelwasser erfreuen.

Hat man sich an eine Lebensweise gewöhnt, möchte man sich ungern einer anderen anpassen, in der ganz eigene Regeln und Gesetze gelten, die manchmal auch hart oder grausam sein können. Als ein Kind der Stadt, das dort auch den Großteil seiner Zeit zubrachte, hatte ich ein schwieriges Verhältnis zu den Ferien, zu den Sommerferien ganz besonders. Mit Beginn der Sommerferien hieß es der Metropole Lebewohl sagen und das Städtchen begrüßen. Ich weiß noch, wie ich immer davon träumte, ich dürfte im Sommer zu Hause bleiben, was aber nie geschah, und wie ich meine

Freundin um diese Möglichkeit beneidete, da sie keine Großeltern auf dem Land hatte – im Gegensatz zu mir. Deshalb konnten weder Tränen noch Bitten, Flehen und Versprechungen Mamas Entschluss ins Wanken bringen, und ich musste für drei Monate in die Verbannung. Dort war ich unter der Aufsicht von Erwachsenen, mehrheitlich Pädagogen, weshalb Schule und Erziehung für mich kein Ende nahmen. Natürlich war alles, was ich tat, verkehrt: Ich hielt den Besen verkehrt, fegte falsch, klopfte die Teppiche falsch aus, aß nicht die richtigen Dinge, spielte die falschen Spiele und machte mir die falschen Sorgen. Dabei hatte ich einfach Sehnsucht nach Mama, nach einem freundlichen Wort, nach Ruhe. Im Haus der Großeltern gab es nämlich keine Ruhe, sondern ewige Diskussionen zweier Lehrer, die einander die Schuld für ihr elendes Dasein zuschoben. Erst später ging mir auf, dass Babulja nie glücklich gewesen ist, Glück war überhaupt keine Kategorie in ihrem Leben, sie konnte nur das Düstere und Negative wahrnehmen, und ich glaube, sie sah in keinem ihrer Kinder eine verwandte Seele. Das waren einfach Menschen, die sie großzuziehen hatte, Liebe hin oder her, und wenn man so lange mit jemandem zusammenlebte, war es schwierig, sich in den eigenen Gefühlen noch auszukennen. Erst als Erwachsene begriff ich, wenn ich ihr zuhörte, dass sie große Sehnsucht nach ihrer Mutter hatte und dringend Zärtlichkeit und Wärme benötigt hätte. Ich weiß nicht, wie es dazu gekommen ist, dass sie ihren Töchtern weder Zärtlichkeit noch Empathie beigebracht hat – oder kann man das gar nicht beibringen? Oder waren es einfach zu viele? Vielleicht war sie zornig auf die ganze Welt und nahm unbewusst Rache, indem sie ihren Kindern die Zärtlichkeit vorenthielt? Oder wollte sie sie damit vor der Brutalität jener Zeit bewahren, da emotionale Bekundungen von Menschlichkeit noch verpönter waren als in meiner Kindheit? Wenn mich solche Gedanken zu sehr belasteten, ging ich in den Garten zu meinem Baum und nahm ihn in den Arm.

Eine weitere Möglichkeit, der Kritik in Babuljas Haus zu entgehen, bestand darin, sich selbst eine Beschäftigung zu suchen und sich aus dem Blickfeld der beobachtenden Augen zu entfernen. Aber in meiner (weiter gefassten) Familie gab es kaum Männer, dabei wollte ich ausgerechnet angeln, Schiffchen bauen oder schlicht Fahrrad fahren. Als Mädchen brauchst du für diese Dinge eine Rechtfertigung, möglichst in Gestalt eines Erwachsenen, sei es der Vater, der Opa oder der große Bruder, der dich dabei begleitet und sämtliche Fragen seitens der Gesellschaft aufhebt. Ich musste also Opa bitten, mit mir angeln zu gehen, wenigstens für ein Stündchen, wenigstens ein einziges Mal, ich musste alles verleugnen, was mich als Mädchen kennzeichnete. Mir war so sehr daran gelegen, dass sie meine Wünsche ernst nahmen, dass sie mir das Recht zustanden, auf Bäume zu klettern, mit der Angel dazusitzen und den Zaun zu reparieren. Mein Leben lang versuche ich anderen etwas zu beweisen und, ganz ehrlich, langsam habe ich die Nase voll. Ein Psychoanalytiker würde sagen: Zeit, mit dem Leben zu beginnen. Aber wenn du im Leben nur auf dich selber zählst, bildest du einen unvorteilhaften Charakterzug aus – du kannst niemandem mehr etwas anvertrauen, das Vertrauen als solches verabschiedet sich allmählich. Besser alles selber erledigen als es hinterher in Ordnung bringen zu müssen, besser alles selber erledigen als wieder einmal von anderen enttäuscht zu werden, und immer so weiter.

Kapitel 13
Aberglaube

Wenn du noch nicht so groß bist, versuchst du dich vor der Außenwelt zu schützen, die dir so riesig erscheint, dass schon der Gedanke an ihre Ausmaße furchteinflößend wirkt. Eine Schutzmöglichkeit bieten die vielfältigen Formen des Aberglaubens.

Nicht auf Gullideckel treten, sonst sterben die Eltern.

Niemandem auf den Fuß treten, sonst verzankt man sich mit demjenigen, dem man auf den Stiefel gelatscht ist, was sich nur noch verhindern lässt, indem er dir ebenfalls drauftritt.

Keine Spinnen zerquetschen, sonst gibt es Regen.

Nicht nur mit einem Schuh/Socken herumlaufen, sonst wirst du zum Waisenkind.

Nichts zunähen, was man am Körper trägt, sonst wird der Verstand »zugenäht«, dagegen hilft nur, einen Faden in den Mund zu nehmen, während man das Loch stopft.

Einige dieser Regeln praktizierten auch Eltern gegenüber ihren Kindern. So gaben sie ein Wissen weiter, das wenig mit Wissenschaft und Rationalität zu tun hat, aber eng mit dem Weltbild jener Menschen zusammenhängt, die vor uns gelebt haben. Früher wurde alle Information auf diesem Wege vermittelt, jetzt sind nur noch Vorzeichen und Glaubenssätze übrig, deren Ursprünge und Kausalitäten auf blankes Unverständnis stoßen.

Nicht gleichzeitig mit demselben Handtuch abtrocknen (sonst gibt es Streit).

Nicht abbeißen, wo schon jemand anders abgebissen hat (sonst werdet ihr euch verbissen bekämpfen).

Nicht unter einem torförmig abgeknickten Pfosten oder Baum hindurchgehen (sonst gibt es ein Unglück).

Nicht im Hause pfeifen (sonst geht das Geld flöten).

Den letzten Spruch fand ich besonders doof, weil ich gerne diese sonderbar melodiösen Töne von mir gab, deshalb weigerte ich mich, einen Zusammenhang zwischen musikalischer Betätigung und Finanzfragen anzuerkennen.

Es gab aber auch lustigere Regeln, was Wünsche anging. Man konnte alles Mögliche tun und sich ausmalen, dass sie dann in Erfüllung gingen.

Wenn auf der Uhr Stunden- und Minutenzahl übereinstimmten, 21:21 zum Beispiel, musste man sich etwas wünschen.

Wenn man eine Fliederblüte mit fünf Blättchen fand, musste man sie aufessen, dann ging ein Wunsch in Erfüllung, oder wenn man in der Stadt neun schwangere Frauen oder neun Autos mit der gleichen Zahl auf dem Nummernschild sah.

Wenn man ein Fädchen an seinen Kleidern fand, hatte man einen Verehrer, und wenn man es sich um den Finger wickelte und dabei das Alphabet durchging, konnte man den Anfangsbuchstaben seines Namens herausfinden.

Wie viele andere glaubte ich fest an die Macht dieser Gesetze und entwickelte mich so zu einer handfesten Neurotikerin. Einige dieser Schauergeschichten hatten sich mir so tief ins Unbewusste gegraben, dass ich lange gebraucht habe, sie wieder loszuwerden. »Pass auf«, sagte ein Onkel oder eine Tante tadelnd zu mir, »du wirst schon sehen, wenn du so lachst, wirst du morgen weinen.« Und komischerweise funktionierte das fast immer. Ich hatte das Zebrastreifenmodell stark verinnerlicht: Das Helle und Gute muss unweigerlich vergehen, dann beginnt das Dunkle. Weil ich dem Dunklen nicht immer entgegensehen wollte, beschloss ich ständig darin zu leben. Eine ganze Weile lachte ich überhaupt nicht mehr und freute mich über gar nichts, um hinterher nicht weinen zu müssen. Für solche Weisheiten aus dem Volksmund würde ich dem Volk am liebsten den Mund verbieten.

Ich besaß damals, wie die meisten meiner Bekannten, nichts, und wenn ich etwas hatte, gehörte es allen oder niemandem. Die spärlichen »Güter«, über die wir verfügten, waren standardisiert und bei allen gleich. Einmal hatte mir meine Tante einen Rucksack aus Italien mitgebracht, der mir sehr gut gefiel, aber es war mir peinlich ihn zu tragen, das fühlte sich vor den anderen Kindern nicht richtig an. Ich wollte nicht herausstechen, wollte keine Privilegien haben, denn sonst bekämen alle einen Hass auf mich, weil mein Leben so schön und leicht war, während sie alle darben und alles selbst erreichen mussten. Alles selbst erreichen – dieses Mantra trug ich von Anbeginn mit mir herum. Wenn nämlich jemand hilft, dann zählt es nicht, dann kannst du nicht stolz auf dich sein, du bist eine Betrügerin und verdienst nicht, was du hast. Ich weiß nicht, was die moderne Kinderpsychologie dazu sagen würde.

Spielsachen hatten wir natürlich, aber meistens spielten wir einfach so miteinander, dann stand die Sprache im Mittelpunkt. Worte waren unser Kapital, im Grunde das Einzige, das wir Kinder hatten, bis wir den Erwachsenenstatus mit Geld, Rechten etc. erlangten. Spottverse waren brutaler und trafen härter als jede Gefängnisstrafe:

Geizkragen, Schweinemagen, Gurke fällt in Graben, keiner willse haben. Das war der Spruch für diejenigen, die keine Spielsachen oder Süßigkeiten abgeben wollten.

Papagei Nummer 2 aus dem alten Kehrichteimer. Der zeugte davon, wie wichtig es war, in Taten und Worten originell zu sein, wo sich sonst schon alles so häufig wiederholte.

Selber schuld, wen's trifft, Henne-Lippenstift. Wenn deinem Peiniger etwas zugestoßen war, gabst du damit deiner Schadenfreude Ausdruck.

Was war das für eine merkwürdige Henne, und wieso

Lippenstift? Nur damit es sich reimt? Ich hatte lange etwas gegen Lippenstifte und benutzte keine, als wollte ich nicht die Henne sein, die abbekam, was sie verdient hatte.

Ehrlichkeit wurde beschworen. Wenn man sich der Aufrichtigkeit einer Aussage versichern wollte, verlangte man: *Schwör beim Herzen deiner Mutter* oder *Großes Pionierehrenwort*, dabei sollte etwas Rotes berührt werden (das Pionierhalstuch kam da sehr zupass).

Auch Friedensschlüsse wurden mit Beschwörungsformeln besiegelt:

Vertragen-vertragen-vertragen, aufhören zu schlagen – dabei musste man seinen kleinen Finger mit dem seines Widersachers verhaken.

Die Zauberkraft der Worte oder die phatische Funktion der Sprache, wie die Linguisten das nennen, war damals ganz real.

Bei Streitereien gab es Argumente wie:

Das erste Wort fegt das zweite fort.

Das erste Wort liegt im Abort, und das zweite hat Lenin geschrieben. An die Autorität Lenins wollte niemand rühren.

Es gab auch Spiele, die mit Sprache zu tun hatten.

»Telefon kaputt« konnte man gut in großen Gruppen spielen, dann machte es am meisten Spaß. Der Erste flüsterte seinem Nachbarn ein Wort ins Ohr, der oder die dann das Gehörte weitergab. Oft wurden die Wörter absichtlich verdreht, um ein besonders komisches Ergebnis zu bekommen.

Die »Schweigerei« begann mit einem Vers:

Fuhren die Zigeuner, Katze fiel vom Wagen,
Katze ist verdurstet, Schwanz hat man verwurstet,
wer was sagt, der kostet.

In der härteren Variante folgte noch der Nachsatz: *und wer lacht und komisch tut, trinkt das ganze Katzenblut.*

Jegliche Lautäußerung war also verboten.

Mit Erwachsenen spielten wir »Mama, sag mal …«, und dann folgte ein Wort, das sich auf etwas Anzügliches oder Ekliges reimte.

»Mama, Mama, sag mal *Leim.*«

Wenn du deine Mutter eine Stunde lang bekniet hattest, ließ sie sich irgendwann erweichen, und du konntest begeistert rufen: *trink ein Fässchen Schleim* und dich kaputtlachen.

Wie oft das Ganze schon durchgespielt worden war,

hatte keinen Einfluss auf die Reaktion, es war immer wieder zum Lachen und verschaffte einem eine sadistische Befriedigung darüber, einen Erwachsenen dazu gebracht zu haben, das Wort auszusprechen.

Wenn man beim Fangen oder einem anderen Spiel kurz pausieren musste oder nach Hause etwas trinken, genügte es zu sagen: *Zapfen, Zapfen, muss verschnappfen* – und alle wussten, dass man eine Pause brauchte und vorübergehend aus dem Spiel war, niemand stellte das in Frage. Das hatte schon viel mit Fairplay zu tun.

Unser Glaube an die Macht der Worte war so groß, dass wir sogar Wespen mit einem Spruch abwehrten: *Salz-Wasser, Salz-Wasser* – das musste man wiederholen, bis sich die Wespen verzogen hatten. Wir glaubten tatsächlich daran, so verrückt das klingt. Wir glaubten, dass Worte die Realität verändern, uns schützen oder unsere Peiniger strafen konnten.

Kapitel 14

Das Papierklavier

Es dauerte seine Zeit, bis Mama und Papa sich trennten, und bis es so weit war, pflegten sie eine sonderbare Kommunikation. An Intonation und Gestik konnte ich ablesen, dass etwas Tragisches vor sich ging, und ich litt darunter, deshalb war ich bei ihrem x-ten undurchsichtigen Gespräch zu allem bereit, um es bloß nicht mit anhören zu müssen. Da fragte Mama mich:

»Sag mal, willst du nicht zum Vorspiel?«

»Wohin?« Ich verstand nicht.

»Zum Klavier. Heute ist Vorspiel in der Schule.«

»Ich weiß nicht … Na gut, lass uns hingehen.« Hauptsache, ich konnte möglichst schnell hier raus, wohin auch immer.

In der Aula warteten schon viele Kinder mit ihren Eltern, auf der Bühne saß eine Tante am Instrument, die hellblonden Haare frisiert wie eine Königin. Als ich an der Reihe war, stieg ich zu ihr auf die Bühne. Sie bat mich, die Rhythmen zu wiederholen, die sie gegen das Klaviergehäuse klopfte. Ich wiederholte sie. Dann drückte sie mehrere Tasten und fragte, wie viele das waren. Schließlich war die Prüfung vorbei und mein Name einer von denen, die bei ihr Klavierstunden nehmen durften.

Anfangs waren wir noch ziemlich viele, wir hatten Notenlehre, und ich verstand nur die Hälfte. Das ärgerte mich. Mit der Zeit wurden wir dann immer weniger, aber ich blieb dabei, obwohl ich selbst nicht sagen kann, was mich dort hielt. Vielleicht das Klavier oder die Königinnenfrisur, oder dass ich Mama nicht enttäuschen und die Beste sein wollte, dann würde sie mich bestimmt loben und wäre stolz auf mich. Meine Freundin, die ebenfalls Klavierstunden nahm, hatte ein Instrument – schwarz, alt und deutsch. Es klang anders als das, auf dem wir in der Aula übten. Ich hatte kein eigenes Klavier. Ein rotes Kinderklavier stand noch bei uns herum, das die Lehrerin uns aber gleich wegschaffen ließ, *um die Handhaltung nicht zu verderben.* Für uns »klavierlose« Kinder hatte man einen Ausweg zum Üben zu Hause gefunden. Die Eltern sollten selbst ein

Klavier basteln. Aus Papier. In Originalgröße. Mama nahm ein Stück Tapete und *bastelte* die Klaviatur auf die Rückseite, zeichnete mit Bleistift die Umrisse der weißen Tasten und malte die schwarzen sorgfältig aus. Jeden Tag breitete ich nach der Schule meine Klaviatur auf dem Schreibtisch aus, spielte und stellte mir vor, wie schön das klang, ich spielte konzentriert Melodien und summte sie vor mich hin. Mein Papierklavier hat zwar seinen Zweck nicht erfüllt, dafür schaffte es etwas viel Interessanteres. Es brachte mir bei zu träumen und daran zu glauben, dass in deiner vorgestellten Welt alles möglich ist. Und dass niemand sie dir nehmen kann. Die Nachbarn werden die Stille auch zu schätzen gewusst haben.

Einmal kam ich nach Hause, und im Wohnzimmer stand ein Klavier, ein richtiges, eine Farbe wie nasser Sand mit einem Muster unten am Gehäuse, das an Paare von Hasenohren erinnerte. Es war ein Wunder – als ich morgens zur Schule gegangen war, gab es noch keins, als ich zurückkam, war es plötzlich da. Jetzt hatte auch ich mein Klavier.

Aber ich übte nicht gern. Immer diese Tonleitern und Etüden, viel lieber spielte ich Melodien, die ich irgendwo gehört hatte, oder dachte mir eigene aus. Das geschah rein intuitiv, unsere Lehrerin brachte uns so etwas nicht bei. Sie gab einfach Klavierstunden, keinen umfassenden Musikschulkurs mit Chorgesang, Solfeggieren und anderen Fächern. Wenn ich im Sommer zu Babulja in die Ferien fuhr, fehlte mir mein Klavier, und ich bedauerte, dass ich nicht Geige oder ein anderes kleineres Instrument spielte, das ich hätte mitnehmen können. Spielen wollte ich immer dann, wenn das Klavier nicht zur Hand war.

Die Musiklehrerin mochte mich und hatte vielleicht insgeheim gehofft, ich würde weiter Musikstunden nehmen. Als sie mitbekam, dass ich in den Ferien zu meiner Großmutter in das verstrahlte Gebiet fuhr, regte sie sich furchtbar auf und malte mir aus, welche verheerenden Folgen der Aufenthalt dort für meine Gesundheit haben werde. Mir wurde ganz anders bei dem, was ich da zu hören bekam.

Ich hatte verschiedene Komponisten im Repertoire. Chatschaturjan mochte ich, vielleicht nicht einmal so sehr wegen seiner Musik, sondern wegen seines wohlklingenden Namens. Am liebsten spielte ich Stücke in Moll. Zum Glück hatten auch die Komponisten einen

Sinn für Melancholie, so blieb mir genügend Auswahl.

Wenn Erwachsene mitbekamen, dass ich Klavierstunden nahm, wollten sie immer etwas aus der populären Klassik hören: *Türkischer Marsch* oder Ogińskis *Polonaise* oder *Für Elise*. Das ärgerte mich. Mir tat es leid um die anderen Melodien, die weniger berühmt, aber nicht weniger schön waren.

So begann mein Weg als Außenseiterin und Randständige.

Kapitel 15

Althusser und die Rotzgöre

Seit Langem erwarte ich von Überraschungen nichts Positives mehr. Natürlich gibt es schöne, hinreißende Überraschungen, aber eben auch unangenehme. Für mich existieren nur noch letztere, das habe ich einem Vorfall im Kindergarten zu verdanken.

Es war ein ganz gewöhnlicher Frühlingstag, wir vergnügten uns in unserer Gruppe, und am späten Nachmittag, als allmählich die Eltern zum Abholen kamen, hörte ich eine Frau meinen Namen sagen. Sie rief durch die ganze Garderobe:

»Wer ist hier die Volha Hapeyeva?«

Ich sah sie nur von hinten und wusste nicht, weshalb sie mich suchte. Mit weit geöffneten, vertrauensvollen Augen meldete ich mich fröhlich und verkündete laut:

»Ich. Ich bin die Volha Hapeyeva.«

Sie wandte sich zu mir um, bedachte mich mit

einem strengen Blick, holte tief Luft und zischte: »ROTZGÖRE.«

Ich war sprachlos.

Sie aber brüllte, brüllte mich vor allen anderen an und beschuldigte mich, ich hätte ihren Sohn geärgert, ich sei ein kleiner Giftzwerg, dem man mal Manieren beibringen müsste.

Ich verstand die Welt nicht mehr. Mir war unvorstellbar gewesen, dass man mich so anbrüllen und einer Sache beschuldigen konnte, die ich gar nicht getan hatte.

Ihr Sohn war der größte Widerling in unserer Gruppe, streitsüchtig und weinerlich. Er war doppelt so groß wie ich. Wie und womit hätte ich ihn ärgern können? Ich wurde eines aggressiven Verhaltens bezichtigt, das gezeigt zu haben ich mich nicht erinnern konnte. Inzwischen denke ich, dass ich ein wirklich mutiges Mädchen war und sich der Rabauke deshalb über mich beschwert hat.

Aber damals nahm ich mir die Ungerechtigkeit gegen meine Person sehr zu Herzen, und ich bin bis heute hochsensibel für all ihre Erscheinungsformen. Leider hat damals niemand zu mir gesagt: »Als Erwachsene hatte sie nicht das Recht, so mit dir, einem wehrlosen Kind, zu sprechen. Die schlechten Manieren hat sie, nicht du.« Gut, dass ich das heute formulieren kann.

Wie viele Phrasen, hingeworfen durch vom Leben vergrätzte und erschöpfte Erwachsene, haben in Kindern Löcher und Krater gerissen, die ihnen den Blick für das Schöne, Freude und Zutrauen in ihre Umwelt genommen haben? Dabei sind diese »Erwachsenen« höchstwahrscheinlich überhaupt nicht erwachsen, sondern ganz normale gekränkte Kinder in Erwachsenenkörpern und -kleidern.

Viele Jahre später werde ich von Louis Althusser erfahren, der die Anrufung des Subjekts und die sogenannte Interpellation, bei der ein Individuum auf die Anrufung durch ideologische Institutionen wie Schule, Krankenhaus, Kindergarten etc. reagiert, treffend erklärt hat. Eben in dieser Anrufung konstituiere sich der Mensch als Subjekt innerhalb eines Staates oder einer Gesellschaft. Dich umzudrehen und zu bekennen, dass du du bist, ist entsetzlich, deshalb versteckst du dich lieber, löst dich auf, nimmst möglichst wenig Raum ein, wirst unsichtbar, behältst aber selbst alles im Blick.

Kapitel 16
Festtage sind auch Arbeit

Meine eigenen Geburtstage waren immer eine verantwortungsvolle Angelegenheit für mich. Nicht freudig, nicht lang ersehnt, nicht glücklich, sondern eben verantwortungsvoll. Ich bereitete mich nämlich auf meine Geburtstage vor wie eine nachrangige Behörde auf einen Ministerbesuch. Ich konzipierte ein umfangreiches Unterhaltungsprogramm für meine Gäste, unterhaltsam freilich nach meinem Dafürhalten, mit Ratespielen, Wettkämpfen und Kreuzworträtseln. Ich studierte Zaubertricks ein, zu Lebzeiten meines Hamsters Bonifatius auch ein paar Nummern mit ihm. Das nannte sich dann »Zirkusunterhaltung«. Der Auftritt umfasste vier Punkte:

1. Lauf über den Schwebebalken
2. Hindernislauf

3. Krabbeln durch ein Loch
4. Vorderpfotenstand

Für richtige Antworten beim Quiz gab es Preise. Diesen Teil mochte ich besonders, es war mir nämlich immer unangenehm, wenn die anderen mich beschenkten, ich aber niemanden. Meine Spiele sollten diese Ungleichheit beseitigen, indem alle ein, wenn auch kleines, Geschenk bekamen, einen Taschenkalender, Süßigkeiten oder Täschchen. Die Quizfragen kamen aus unterschiedlichen Bereichen: Mathematik, Geschichte, Sprache, etwas für die hellen Köpfe. Man konnte auch ein Lied singen oder ein Rätsel lösen.

Später sollte ich an einem Winterabend alleine in einer Wohnung in Oslo darüber nachdenken, weshalb ich nicht einfach irgendwo dabei sein kann, was dieses endlose Gewirbel soll. Die Ergebnisse, zu denen ich kam, waren ziemlich deprimierend. Ich hatte den Eindruck, ich selbst könne nicht interessant sein, die Gäste (bzw. alle Menschen, die mir in meinem Leben begegnen würden) müssten unbedingt unterhalten werden, sonst würden sie trübsinnig und gingen weg.

Bei meiner besten Freundin verliefen die Geburtstage

anders, dort lag der Akzent auf dem Essen. Ihre Mutter ließ sich immer etwas einfallen, viele Speisen habe ich zum ersten Mal bei ihnen probiert, und ich ging immer sehr gerne zu ihren Festen. In meiner Familie lernte man nicht zu kochen, das galt wohl als unwürdig, vielleicht sogar peinlich, »weibisch«. Nach der Scheidung wollte Mama ihre Weiblichkeit verleugnen, zumal sie als einzige Frau in einem Männerkollektiv arbeitete. Ich kann nur erahnen, was sie da alles zu hören und zu sehen bekam. Mir brachte man bei, Telefon und Spülkasten zu reparieren, mit dem Lötkolben umzugehen und alles selbst hinzubekommen, da einem niemand zu Hilfe kommen würde und man nur auf sich zählen konnte.

Kapitel 17

Papa, ich und Finnland

Es gab dieses Foto von Papa im Sessel in einem mir unbekannten Zimmer. Mama hatte mir erklärt, das sei Papa in einem Hotel in Helsinki. Er sei über die Gewerkschaft des Betriebes, in dem er als Ökonom angestellt war, dorthin gereist. Das war in dem Jahr, in dem sie sich getrennt haben. Von dieser Reise hatte mir Papa einen himmelblauen Mantel mitgebracht, der mir noch zu groß war, zum Reinwachsen, sozusagen. Ich liebte diesen Mantel und trug ihn, bis meine Arme aus den Ärmeln herausgewachsen waren. Da sagte Mama, ich könne unmöglich so herumlaufen, so hätte ich richtige Räuberhände. Das mit dem Räuber verstand ich zwar nicht, aber die Kritik dahinter nahm ich sehr wohl wahr. Also zog ich den Mantel nicht mehr an. Für Mama hatte Papa auch einen Mantel mitgebracht, aber sie hat ihn nie getragen, sei es, weil sie sich verletzt fühlte oder weil er ihr einfach nicht gefiel.

Außerdem ist uns aus Finnland das Heftchen »Besuchen Sie Finnland« mit den wichtigsten Informationen über das Land und mit ein paar Farbfotos geblieben. Darin konnte man erfahren, dass »die Tierwelt Finnlands eher ärmlich« sei, dafür aber »die natürlichen Ressourcen reichhaltig (bei den Kupfererzvorkommen belegt Finnland den ersten Rang unter den kapitalistischen Staaten Europas).« Dann war noch viel die Rede von der Kommunistischen Partei und der Freundschaft mit der UdSSR, wie sich sowjetische und finnische Kader trafen und an der »Lösung aktueller internationaler Probleme« arbeiteten. Bei der Beschreibung des Handelsplatzes Helsinki hatten die Autoren ein besonders poetisches Bild für den Himmel gefunden, den sie als »eine besonders reine, azurblaue Kuppel des nördlichen Himmels« beschrieben. Es gab zwar zahlreiche Museen, die sowjetischen Touristen interessierten sich aber nicht dafür, sondern für »die Orte, die mit dem Aufenthalt W. I. Lenins in der finnischen Hauptstadt verbunden sind und die von den finnischen Freunden sorgsam gepflegt werden.« Allen, die in dieses Märchenland gelangen wollten, wurde auf der letzten Seite des Heftchens empfohlen, sich an die Gewerkschaftskomitees ihrer jeweiligen Betriebe zu wenden.

Papa sollte eines ungeklärten Todes sterben und ich sechs Jahre nach seinem Tod nach Finnland reisen.

Vor der Abreise wollte ich unbedingt dieses Foto wiederfinden, da ich hoffte, dort stünde ein Vermerk, und ich könnte das Hotel ausfindig machen, in dem Papa abgestiegen war. Ich stellte mir vor, ich würde dorthin fahren, das Foto vorzeigen, und sie würden mich in das besagte Zimmer bringen. Das war natürlich Unsinn. Sicher sah dort inzwischen alles anders aus, und die Einrichtung war ausgetauscht worden, falls an der Stelle überhaupt noch ein Hotel stand.

Aber ich fand das Foto nicht. In Helsinki angekommen, schlenderte ich einfach durch die Straßen und dachte dort irgendwie gar nicht an Papa.

Kapitel 18

Geschenke des Patriarchats

Ich wollte mich auf keinen Fall vom Homo sapiens unterscheiden, als der natürlich nur der Mann galt, und nicht in die Kategorie »Frau« einsortiert werden. Im Fernsehen, im Theater, in der Literatur – überall wurde das Frausein als wenig erstrebenswert dargestellt. Ich weiß nicht, worauf das Patriarchat spekuliert, wenn es die Frauen mit der Mutter- und Hausfrauenrolle locken möchte. Kein Mensch, der nicht traumatisiert ist, nicht psychisch oder hormonell gestört, wird sich darauf einlassen. Dass das Muttersein ehrenwert und überhaupt der Traum jedes Mädchens ist, wäre vielleicht nie zu einer so bezwingenden Idee geworden, wenn man die Mädchen über sämtliche »Wunder« der Schwangerschaft und über den Geburtsvorgang aufgeklärt hätte, ganz zu schweigen von den ersten Monaten im Leben des Säuglings und der nicht sofort einsetzenden Mutterliebe (wie mir Frauen berichtet haben, die mich an ihren Mutterschaftserfahrungen teilhaben ließen). Aber wer spricht schon offen darüber? Das ist ein Tabu.

Als die ersten Anzeichen dafür auftauchten, dass werdende Frauen in meine Klasse gingen, wurde mir ganz anders. Die weißen BHs, die durch die Blusen meiner Freundinnen zu sehen waren, deprimierten mich. Es war, als schämte ich mich für sie, und ich konnte einfach nicht begreifen, wieso sie ihr Frausein nicht verbargen. Ich musste mitansehen, wie die Jungs sie ärgerten, sie hinten am BH-Gummi zogen und es dann schmerzhaft zurückschnappen ließen. Das Aufkommen des Büstenhalters mag als Errungenschaft für den weiblichen Körper in die Geschichte eingegangen sein, aber was sich daran anschloss, lässt sich schwerlich als Fortschritt bezeichnen. Fischbein-BHs und Synthetik-BHs sind nicht so sehr bequeme und ergonomische Kleidungsstücke, sondern eher ein Blickfang für das männliche Auge. Deshalb zögerte ich den Moment, da auch ich diesen Ausweis meiner Zweitrangigkeit tragen musste, so lange wie möglich hinaus. Aus dem Sport hatte ich noch Gymnastikanzüge, die wunderbar verbergen konnten, was da auf meinem Oberkörper zu wachsen begann.

Außerdem hatten wir zu Hause elastische Verbände, die ich ebenfalls gerne dem BH vorzog.

So konnte ich mir noch eine Weile etwas vormachen und mir sagen, das werde schon alles, aber dann träumte ich, man hätte mir einen Welpen geschenkt. Das Traumbuch stellte mir ein Geschenk in Aussicht, stattdessen bekam ich meine erste Menstruation. Vermutlich waren die Verfasser des Traumbuchs auch Anhänger des Patriarchats. Als ich Mama verschämt meine Unterhose zeigte, sagte sie: »Du weißt ja, was das ist.« Und ich wusste es tatsächlich, ohne es zu wissen, ohne dass mir bewusst gewesen wäre, woher.

Später habe ich immer wieder viel über diese Ungerechtigkeit herumgegrübelt. Mein Leben wurde dadurch massiv formatiert, es erinnerte mich Monat für Monat an die Frau in mir – damals ein Synonym für Defektivität –, die anzunehmen ich mich beharrlich weigerte. Ich tat alles dafür, meine Tage vor anderen zu verbergen, und doch gab es Gelegenheiten, zu denen ich Farbe bekennen musste. Alle gehen in die Sauna, du nicht. Alle gehen schwimmen, du nicht. Alle baden in der Wanne, du gehst unter die Dusche. In die Kirche ging ich ja sowieso nicht.* Mitte der Neunziger gab es schon ganz brauchbares Material zur Erleichterung der kritischen Tage zu kaufen, aber ich hatte Mitleid mit den Frauen, die vor uns hatten leben müssen. Einmal hat unsere Gesangslehrerin erzählt, dass in ihrer Zeit an der Musikhochschule Mädchen, die gerade ihre Monatsblutung hatten, auf einer gesonderten Bank sitzen mussten und nicht mitsingen durften. Was für eine Erniedrigung. Alle kennen deinen Zyklus, als schauten sie dir in die Unterhose. Im Sportunterricht durften wir einmal im Monat aus diesem Grund pausieren, aber ich habe nie davon Gebrauch gemacht, als hoffte ich, die Gesellschaft würde mir so mein Frausein nachsehen und mich behandeln wie die anderen Menschen (sprich: Männer). Ich brauche wohl nicht zu erwähnen, dass das nicht eintraf und ich Jahre später den Weg zu meinem eigenen Körper und meiner eigenen Frau freikämpfen musste, die mir in der Literatur, in Film und Theater immer gefehlt hat, die das Patriarchat so konsequent verborgen hielt, die ich aber zum Glück aufgespürt habe und nie wieder hergeben werde.

Kapitel 19
Waschen

Wenn die Waschmaschine nicht voll wird und mir mein Gewissen verbietet, sie halbleer laufen zu lassen, mache ich es wie früher. Ich lasse Wasser in eine kleine Wanne laufen, werfe Socken und Unterhosen hinein, streue Pulver darüber und beginne zu rubbeln. Aber entweder rubble ich zu heftig oder das Pulver ist zu bissig, jedenfalls rötet sich nach ein paar Minuten die Haut an meinen Fingern und beginnt sich zu schälen. Dann muss ich an Mama und die anderen Frauen aus meiner Kindheit denken, die von Hand gewaschen haben, bis die Waschmaschinen in ihr Leben traten. Unsere erste Waschmaschine bekamen wir, als ich vielleicht zehn war. Sie war nicht besonders groß und tat ihren Dienst mehr schlecht als recht und hieß bei uns nur »die motorisierte Rappelkiste«. Sie pumpte nicht ab und spülte auch nicht, sondern fuhr die Wäsche nur gemächlich im Kreis. Nach ein paar Jahren wurde sie leck und Mama warf sie auf den Müll.

Babulja erging es besser. Die Größe ihres Hauses gestattete ihr den Kauf eines geräumigeren Modells. Im Sommer wurde samstags nicht nur geputzt, der Boden gewischt und die Teppiche ausgeklopft, sondern auch gewaschen. Die bauchige »Riga«-Waschmaschine wanderte raus in den Windfang, um dort eifrig zu rumpeln. Am besten gefiel mir der Auspresser, so nannte ich die Mangel oben, die aus zwei eng aufeinanderliegenden Walzen bestand. Zwischen sie musste man die Wäschestücke schieben, dann die Kurbel an der Seite drehen, bis das Gewebe einmal durch die Mangel und annähernd trocken wieder herauskam. Es hatte etwas Magisches, wenn ein vollgesogenes, schlaffes Laken sich – tschick-tschick-schuch-schuch – in ein glattes Tuch verwandelte. Und obwohl das Kurbeln anstrengend war, war es doch meine Lieblingsbeschäftigung.

Die Waschmaschine hatte eine Reihe Kübel, Wannen und Becken im Schlepptau, in denen die Wäsche gespült wurde, um die Seifenlauge endgültig herauszubekommen. Das letzte Wasser war zugleich das kälteste, aber damit durfte ich nicht spülen, weil die Wäsche anschließend gut ausgewrungen werden musste und ich dafür nicht stark genug war. Ich weiß nicht, weshalb dafür nicht die Walzen an der Maschine verwendet wurden. Vielleicht waren sie zu seifig oder so. Die letzte Wanne erschien mir jedenfalls unantastbar und unerreichbar wie eine Königin. Natürlich ärgerte ich mich, ich hatte ja beim gesamten Waschgang so viel geholfen, aber der Vertrauensentzug im letzten Stadium machte gewissermaßen all meine Mühen zunichte und stellte sie als unbedeutend hin.

Das Wasser in der letzten Wanne blieb immer noch eine Weile stehen und erwärmte sich, wenn das Wetter es gut meinte, sodass ich am Abend darin baden durfte. Die Sonne ging gerade unter in diesem bezaubernden Orangeton, den man bei Glühlampen »warm« nennt, und ich planschte zufrieden in meiner Wanne und brauchte nichts weiter zu meinem Glück.

Kapitel 20
Über den Tod

Schon vergleichsweise früh wurde ich von Gedanken an den Tod heimgesucht. Nicht von düsteren Gedanken über die Absurdität des Daseins, sondern von gewöhnlichen Erkenntnisgewinngedanken über das Wesen des Todes. Dabei war mein eigener Tod (über ihn dachte ich nämlich nach) mit keinerlei Emotionen behaftet, jedenfalls nicht mit solchen, die man gemeinhin als sentimental bezeichnet. Mich beschäftigte nur, dass ich mir nach meinem Tod nicht mehr das Sandmännchen anschauen konnte, und dann beschlich mich die unschöne Ahnung oder sogar eine Bestürzung darüber, dass diese Zeit kommen könnte und ich dann nicht mehr in der Lage war zu tun, was ich gerade gerne tat.

Meine erste Begegnung mit der Realität des Todes fand in der vierten Klasse statt, als meine Uroma Chima starb, diejenige, die meine Mutter und andere

Mädchen wegen ihres Ballspiels abgekanzelt hatte. Von der eigentlichen Beerdigung ist mir das Abendessen in Erinnerung geblieben, als man mir etwas auftat und sagte, das habe ich unbedingt aufzuessen. Die ganze Situation gab vor, dass man sich hier unterzuordnen hatte, ob man wollte oder nicht. Die Atmosphäre war von dunklen Tönen bestimmt, es roch nicht besonders angenehm, und irgendwie kommen mir Plüsch und Samt in den Sinn. Und ein Gefühl von Schuld. Am letzten Tag vor den Ferien waren wir in der Pause wie immer im Klassenzimmer herumgerannt, hatten etwas gespielt, und dann war das Gespräch darauf gekommen, wer wie viele Omas, Opas und Uromas hatte, wie alt sie waren, und ich hatte gesagt, meine Uroma sei schon 91. In den Ferien starb sie dann. Deshalb dachte ich immer, ich sei schuld an ihrem Tod. Hätte ich damals nicht vor den anderen mit ihrem Alter angegeben, hätte sie vielleicht einfach weitergelebt.

Der Tod war auch eines der Argumente, die Mama immer anführte, wenn ich mir ein Haustier anschaffen wollte, ein Kätzchen oder einen Hund.

»Volha, überleg doch mal, da holen wir uns einen Hund, du gewöhnst dich an ihn, und dann stirbt er«, zeigte Mama die Perspektiven auf. »Stell dir mal vor, wie leid er dir tun wird und wie traurig du dann bist. Und was mach ich dann? Du wirst doch weinen, dass hier alles unter Wasser steht.«

Da es um meine Fantasie gut bestellt war, drangen Mamas Worte ins Zentrum meiner Rationalität vor. Mein totes Hündchen betrauern und beweinen wollte ich natürlich nicht. Vielleicht tun mir überhaupt alle Hunde und Katzen so leid, da ich in erster Linie an ihren Tod denke. Die frohen Jahre mit einem potenziellen Hund und die Flut positiver Emotionen zog ich überhaupt nicht in Erwägung. Ich weiß nicht mehr wie, aber eines Tages ließ sich Mama zu einem Hamster überreden. Papa wurde herbestellt, und wir gingen zu zweit in den Zoo. Dort brachte man uns in einen Stallwagen, in dem ringsum und überhaupt überall Terrarien aufgestellt waren. Es war dunkel, aber mit zusammengekniffenen Augen konnte man erkennen, wie zwischen Sand, Zeitungsschnipseln, Hobel- und Sägespänen alle möglichen Nager herumwühlten, kratzten und wuselten. Da sah ich auch eine echte Springmaus, die privilegiert war, da sie im Unterschied zu ihren Kumpels ein großes Terrarium für sich allein hatte. Bestimmt war sie die teuerste von allen, vielleicht war sie aber auch einfach krank und als potenzieller Infektionsherd isoliert worden. Papa und ich wurden zu einem Terrarium neben der Tür gebracht.

»Das sind die Dsungarischen. Leicht in der Haltung, brauchen nicht viel. Welcher soll es sein?«

Papa schaute mich an und fragte:

»Na, welcher soll es sein?«

Ich starrte auf die Glasscheibe, hinter der die Hamster saßen, gänzlich in ihrer eigenen Welt versunken. Sie hatten keinerlei Interesse an uns, alle waren mit etwas beschäftigt: Manche wühlten in den Sägespänen, andere putzten sich oder schliefen. Ich stand da, schaute sie alle an und wusste, dass ich eine Wahl treffen musste, bevor der Akt des Betrachtens mich gänzlich (endgültig) überwältigt hatte. Ich zeigte mit dem Finger auf ein pelziges Häuflein, das mir sein Schnäuzchen zeigte und etwas in den Pfoten hielt.

»Den da, bitte.«

Der Mann griff in das Terrarium hinein und hob vorsichtig den nun schon fast mir gehörenden Zögling heraus. Nur noch eine einzige Operation fehlte zur vollständigen Privatisierung des Hamsters: Das Geld musste in die Kasse. Papa zahlte, und ich war die Eigentümerin eines Kistchens mit einem lebendigen Wesen.

Wir brachten den Hamster nach Hause und nannten ihn Bonifatius oder abgekürzt Bonik. Am nächsten Tag hatte er bereits einen fertigen Pass, den ich ihm aus einer alten Strumpfhosenschachtel gebastelt hatte und der mit allen möglichen Daten versehen war, bekannten wie fiktiven: Größe, Schwanzlänge, Fellfarbe, Augenfarbe, Vorname, Zuname, Vatersname, Herkunft, Geburtsort, Anschrift, Namen der Eltern. Fehlte nur noch ein Passfoto, aber bei einer so detaillierten Beschreibung war das auch verzichtbar, zumal ich keine Möglichkeit hatte, meinen Hamster zu fotografieren. Ein Satz in einem Zeitschriftenartikel zu den Besonderheiten der Haltung von Dsungarischen Zwerghamstern war besonders erfreulich und tröstlich für mich: Als Haustiere sollten sie einzeln gehalten werden, da ein Zusammenleben zu Irritationen und Aggressionen führen kann. Individualisten reinsten Wassers – das entsprach meinem Wesen und meinen Lebensumständen.

Bonik fiel öfter einmal aus unterschiedlichen Höhen: von meiner Schulter, vom Sofa, von der Schrankwand. Er versuchte auszureißen, hielt eine Nudel lustig in seinen Pfötchen, leckte gerne Eierschalen aus, schlief nachts nicht, ließ sich teilweise dressieren, aber eines Tages starb er mir dann einfach weg. Er war tot und ich hatte nicht einmal ein Foto von ihm. Hätten Bonik und ich unser gemeinsames Jahr heute verlebt, wir hätten Bilder, Videos und sonst noch etwas, aber damals war das alles irreal und unerreichbar, deshalb suchte ich mir in der Zeitschrift »Der junge Naturalist« das Foto eines halbseidenen Dsungarischen Zwerghamsters heraus, schnitt es aus und steckte es in einen selbstgebastelten Rahmen aus einem Stück schwarzen Wildleders, das einmal Mamas Handtasche gewesen war. Bonik wurde im nahegelegenen Wald beigesetzt.

Irgendwann nahmen wir dann in Russischer Literatur die Erzählungen Tschechows durch, und da gab es etwas über Friedhöfe, das mich schwer beeindruckte und eine Art Offenbarung für mich war. In der Passage ging es darum, dass der Mensch nach seinem Tod für die Ewigkeit beerdigt wird, dass nichts mehr kommt, er nur noch Knochen ist, die in der Erde vermodern. Da wurde mir plötzlich bewusst, dass danach tatsächlich nichts mehr war, das totale Nichts.

Vielleicht endete damit meine Kindheit, mag sein.

Mit Sicherheit weiß ich aber, erinnere mich sogar genau, dass ich nie erwachsen sein wollte. Der einzige Grund, weshalb ich mich auf das Erwachsenenleben einließ, war die Möglichkeit, dann herrenlose Hunde und Katzen adoptieren zu können.

Bisher habe ich kein einziges Tier adoptiert.

Anmerkungen

S. 12: nach und nach verlöschen in der feuchten Nachtluft die Schläfersterne

S. 20: Jakub Kolas (1882–1956) und Janka Kupala (1882–1942), zwei Klassiker der belarusischen Literatur

S. 24: Dmitri Grigorowitsch (1822–1900) *Der Junge aus Guttapercha* (russ. Гуттаперчевый мальчик), 1893

S. 33: nach der gleichnamigen Erzählung (Общество чистых тарелок) aus der Sammlung *Lenin und die Kinder* von Wladimir Bontsch-Brujewitsch (1873–1955)

S. 44: kniha (кнiга) bedeutet Buch

S. 45: lebeds (лебедзь) ist der Schwan

S. 45: gemeint ist der Tuberkulintest nach Mendel-Mantoux

S. 50: nach dem Sitz des Herstellers in *Telechany* im Südwesten von Belarus (Markenname in abweichender latinisierter Schreibung)

S. 64: Im Belarusischen wird das G im Unterschied zum Russischen tatsächlich fast immer gehaucht, nur in einigen Fremdworten wird es als Plosiv gesprochen.

S. 65: Belarusisch für »dzjakuj«, Volha hatte mit einem russischen »spassibo« gerechnet.

S. 71: Am 8. März wird der Internationale Frauentag gefeiert.

S. 109: In der orthodoxen Kirche werden Frauen teilweise während der Zeit der Regelblutung vom Gottesdienstbesuch bzw. vom Empfang der Kommunion ausgeschlossen.

Inhalt